哈尔腾之梦

吴莉 著

民主与建设出版社
·北京·

© 民主与建设出版社，2021

图书在版编目 (CIP) 数据

哈尔腾之梦 / 吴莉著 . —北京：民主与建设出版社，2021.5
 ISBN 978-7-5139-3499-2

Ⅰ.①哈… Ⅱ.①吴… Ⅲ.①散文集—中国—当代 Ⅳ.① I267

中国版本图书馆 CIP 数据核字（2021）第 077607 号

哈尔腾之梦
HA'ERTENG ZHI MENG

著　者	吴　莉
责任编辑	周佩芳
封面设计	陈　姝
出版发行	民主与建设出版社有限责任公司
电　话	（010）59417747　59419778
社　址	北京市海淀区西三环中路 10 号望海楼 E 座 7 层
邮　编	100142
印　刷	河北信德印刷有限公司
版　次	2021 年 7 月第 1 版
印　次	2021 年 7 月第 1 次印刷
开　本	710 毫米 ×1000 毫米　1/16
印　张	13
字　数	200 千字
书　号	ISBN 978-7-5139-3499-2
定　价	49.80 元

注：如有印、装质量问题，请与出版社联系。

青草在天边欣欣生长
——《哈尔腾之梦》序

黄恩鹏

文学写作的目的，是运用语言来讲述个人与所在世界的联系。亲在或此在，都是个人经历的事件记忆。吴莉的《哈尔腾之梦》，描述了她到哈尔腾的"种草"经历。有草的地方，就有纯净；有草的地方，就有生灵存在。因此，她被她的丈夫"骗"到了哈尔腾，与种草队员一起种草。也因此，她将这个经历，以"碎片"的形式，记录了下来。虽然琐碎，却串成了一个整体的连续故事。

非虚构的文学，在我看来，应有非常态的现实事件，方能悟其妙处。比如《沙乡年鉴》作者奥尔多·利奥波德，就曾以绝妙文笔，描述了那个时期的自然景象，记叙了人类与自然某种千丝万缕的联系，叙述了人与自然交流的情趣。作为"生态中心论"者，他强调土地的优劣，与人的伦理道德相关，与工业革命的资本扩张破坏相关，与人的价值观取向相关。利奥波德通过思考，道出了"土地的伦理即是人类的伦理"这一重要思考。土地伦理包含土壤、水、植物、动物，以及大地上存在的一切。土地伦理观，就是让人放弃征服者的角色，对每一个伦理范畴内的成员暗含平等与尊敬，把土地当成伙伴。利奥波德以及约翰·缪尔、约翰·巴勒斯、爱默生、梭罗等生态中心主义坚持者，把大地看成了一个由人与其他物质相互依赖相互联系的生命共同体，亦即自然与人类之命运共同体。无论何时何地，人都离不开自然，都离不开花草树木、江河湖溪的滋育。也因为，只有自然生态，才是人类的最佳伙伴；只有自然生态，人类才生活得美好。基于此，吴莉对于生命大地的人性化写作，就有了一种非凡的意义了。

土地的生态功能，是与人类的道德分不开的。所有的生命都有尊严。狼、盘羊、狐子、狗熊、能掀翻帐篷的大风、尘土飞扬的原野、无处不在的神灵、与大雪相伴的时光、寻隙而生的草，等等，都写得灵动。不同的经验，不一样的故事。有位作家说，当你远离你熟悉的地方，来到某个陌生之地，立即就会让你的思考变得清晰起来。

叙事的平实，不夸张，理性的冷静，是吸引读者的关键所在。哈尔腾之梦，一个细节接一个细节，如同章回小说。每个故事，都有一个醒赫的小标题，极富趣味性。有时诙谐，有时风趣。语言的灵捷与故事的疏密，比那些不切实际的连篇累牍的大段情境描写更具魅惑。也就是说，吴莉擅长"捞干货"，写"种草人"的生活，以小故事连接大故事，哪怕一些被人忽略的富于人性化的小事件，也被她写得有滋有味儿。

比如："开工第一天下起小雨""高原上的流浪汉""打电话的地方要八十多公里""月要圆了""雪虎留下了炭豹""转场的羊群回来了""又一辆车陷进了河里""黄羊和青羊一跑就到家了""河坝里有个小帐篷""风和光阴叫板"，等等。观察与叙述，细致、精到。比如：雪虎与炭豹争食、被鹰追出好几里地、一只鸟努力在风中站稳了觅食、在只有石头没有土的河坝种草、吃面条胀肚子吃凉米饭却不胀肚子的伙伴、在汤里捞不到羊肉、阿克塞街头老人弹唱情歌、自编的划拳顺口溜、如同莲花般的石头、为防车胎被扎漏到荒滩拾铁、飘雪如莲的哈尔腾山脉、杀了五只羊用了整整一天的时间、漫天大风卷动飞沙走石仍坚毅活着的草，等等。人如草一样生存，草如同神祇生活在人的周围。所有自然物象，泛灵活脱。作家赋予草以态度和性格。种草，也是对人性本质的检验，更是对自然生命灵魂的朝圣。

作家叙写草木不是资料介绍，而是赋予人性的温热、活脱脱的"本草圣经"——

"在我们帐篷周围生长的主要还是苜蓿、蒿子、马莲、沙柴、冰草、穗穗草等六种。这两天苜蓿已经枯败得不像样子了，霜说来就来，它萧杀了季节里花朵的招摇。蒿子还在努力地绿着，但显然底气不足。马莲黄得彻底，像一堆堆金发女郎，干净又灵动。沙柴和冰草都红了，它们和饱满的秋天对话。只有穗穗草最多最广，一簇一簇围成家园，一根一根团团而坐，一年好像一生，等长够了就开始发黄，由黄再变成纸灰，直至干枯下落。那是成功一生的完美结束，接下来只等羊群的介入，让自己得到涅槃，成为行走的语言。""哈尔腾草原上的牧草主要是穗穗草。穗穗草又被牧人叫作烫发头，生长的时候像针一样直立向上，秋天一到，它们就蜷缩起来，然后一堆一堆落在地上，等羊来了吃。其次是马莲，也是一丛一丛地长，像细叶韭菜。马莲绿的时候羊吃不动，干了羊才吃它，营养极好。""牧羊人说的蒿子和苜蓿比沙柴多，灰色的叶子纵向生长，它们直不起腰来，是因为它们长不起身，故而无腰。"

吴莉有丰富的诗歌写作经验，在刊物上发表了不少诗作。也因此，她将中国古典诗歌写作中的"移情"以及"物化"审美等融入了非虚构叙事文本中，别具品格，相得益彰。"泛灵论"（物活论）之审美创作理念，始终贯彻在她的文本之中。吴莉的写作，让荒蛮的哈尔腾草原所有的自然物象，鲜润地崛立起来、泛活起来。她让每一个物件，都充满了大小不一的空间活动。这些空间性的叙述方式，有着模糊的时间向度——文本不写哪年哪月哪天，没有过去，也没有现在。文本永远都是新奇的现实或者鲜活的过去。恍若天长地久，恍若鸿蒙初开，恍若刚刚开始，恍若如初相识。

　　文本体现的是民间叙事，其所凸显的是来自各方面立体的、多元的、复调的声音。真正的意图，是通过声音和形象，将诸多角色道出。但是，无论是陪伴着的狗、还是种植的草，都有人的特质，动物和植物，都有心思和情绪。作家的把握是精准的。人与动植物的世界，是无所猜忌的世界。吴莉的非虚构文本，同时也没有停留在单纯的情境叙述上，而是内在蕴含精神价值理念和对生命意义的积极思考。或可以看作一部"荒野"笔记。奇思妙想，比比皆是。若按吴莉的创作时间来看，谁能想到，她文笔的老到、熟练与结构的巧妙，以及赋予文本的诗意，如此精彩绝伦！或许与她天性聪慧分不开。因此对于她来说，朴素的语言，对文本的才气倾注，可以弥补现代文本某些学习西方的超前写法的缺陷。还有就是，个人生活与现实存在没有脱节。现实有童话般的戏剧性，总体是现实的，如同马尔克斯不承认其作品是魔幻的而是现实的一样。

　　哈尔腾是一个秘境。吴莉50天种草是一次秘境之旅。她借草木本性喻写人之本性。借哈尔腾的神秘揭开自然生命的神性。涤除玄鉴，澄怀味象。有效提纯，独到发现。是一部难得的文学性强、叙写中国西部人与自然相融相契、唯美的非虚构文本。

　　是为序。

2020 年 9 月 20 日
作于渤海湾蓝石硪庄园

（作者系中国作家协会会员、解放军艺术学院艺术研究员）

目 录

西　行　001
进入阿克塞　004
驶向驻地　006
安营扎寨　008
开工第一天下起小雨　010
第一次定位　014
继续向山里走　019
常师傅的高原反应　022
装　卸　025
到河边去　028
机手们出现了高原反应　031
气氛轻松了起来　034
高原上的流浪汉　037

独角戏　041
哈尔腾国际狩猎场　044
梁总带来了新司机　048
哈尔腾的风　051
地图上的纠纷　052
打电话要走80多公里　055

雪虎留下了炭豹　058
哈尔腾草原　061
远方的梦　064
搬　家　067
第二次去打电话　070
一桶油　073
雨点砸着帐篷　076
山的尽头　081
雪　山　085
月要圆了　089
回　家　094
经过敦煌　097

又回哈尔腾　100
转场的羊群回来了　104
来自哈尔腾的七彩瓶　107
废弃的艺术被毁了　112
又一辆车陷进了河里　117
哈尔腾的神无处不在　123
原来你还在　125
黄羊和青羊一跑就到家了　129
把车灯打开　134
与神灵共居　137
如泣如诉的歌声　141

河坝里有个小帐篷　146
哈尔腾长廊　148
去大柴旦　151
继续过节　155
风和光阴叫板　160
雪虎和炭豹属于哈尔腾　162
石　头　164
拾　铁　167
天飘起了雪花　171
雪继续飘着　177
竣工在即　179
杀了一天的羊　183
又刮风了　189

我的哈尔腾之梦（代后记）　195

西　　行

　　王延云和周浩跟着大车走了。车上拉着五辆四轮子，三顶帐篷，还有我们简单的行李。

　　我和曹明、曹国文、李斌、邹琴子从山丹坐火车去敦煌，从敦煌转车再去阿克塞。然后和他们会合，去草原哈尔腾种草。

　　我是被我的老板骗来的。

　　他说种草的地方有雪山，有草原，有河流，和天堂一样。

　　我笑着说，天堂还需要种草吗？

　　哪天不想待了，随时都可以回来，或者在敦煌、阿克塞玩着也行。他也露出了尴尬的笑容，又说，意外保险已经买了，到草原上，你就担任种草队的监工，应付一下甲方公司。

　　我是抱着待上几天，就偷偷溜走的心来应付差事的。更没想过在野外连续生活五十天意味着什么，尤其是在荒无人烟，没有通信信号的茫茫草原。

　　我的老板就是我丈夫，孩子的爸爸，我们公司的老总，家里家外都像老板的那个人。因此,我把他叫作我们的老板。

一开始我是不同意做这个项目的,考虑山高路远,不了解情况,无法评估风险。我们的老板便和他哥跑到阿克塞实地勘察去了。回来之后,再也不能改变,因为他和甲方已经签好了合同。

王延云、周浩、曹明、曹国文、李斌是这次种草的机手,邹琴子是炊事员,他们把种草,叫作撒播。

邹琴子是李斌的媳妇,是我的篷友(帐篷里的伙伴),一天里咕咕叨叨说女人话的伙伴。

火车徐徐进站,敦煌到了,东方也刚亮开了。来接我们的是一辆面包车,车上3人,车厢里塞满了东西。车辆限定载客八人,但由于一半空间已被物品占满,因此便叫了一辆出租车。

到市里,甲方带我们去吃牛肉面。兰州牛肉面的饭馆里顾客盈门,但牛肉面并不好吃。没有鸡蛋,没有小菜,对于吃惯了牛肉面的西北人来说,没有这些,是一种对凑。仅仅为了填饱肚子,牛肉面的完整与品质只好被忽略。饭后,那3个人走了,让我们自由活动,等他们随后的一辆皮卡车赶到敦煌,再一起去阿克塞。在阿克塞还要住一夜,因为撒播地点离阿克塞还有300多公里,那里荒无人烟,如果没有帐篷,人便无法过夜,而且,诸事也不能顺水行舟。

我们感觉到了行程之远,也感觉到了老板做的这个梦,超出了我们的想象。

隐隐的担忧令我开始胡思乱想,如果不是技术空白或者落后的话,那么,在阿克塞,到山丹那么远的地方找机械的种草力量,又说明了什么?阿克塞没有东风404,组织不起来撒播队伍?还是甲方到那么远的地方做这样的项目,没有把握?要找干过的工程队,以求稳妥?

我充满了疑惑。同行的人无动于衷,那样子好像一个个成竹在胸,而且秀竹成林。外面下着雨,我们在超市的椅子上等,这样打发时间,对我来说有点浪费。但人生哪有不浪费的时间？于是我们在超市里转悠，我给每人买了一个五仁月饼，一瓶凉白开，开玩笑说，中秋节快到了，就此提前过一个中秋节吧。到了那个没有信号的地方，谁敢保证能吃到月饼。

大家被我逗得开心了，吃过月饼后，3个男人坐在一起闲谈，我和邹琴子靠在椅子上睡觉。直到中午，雨停了，街上的人多了起来。干热的敦煌被一场细雨滋润得深情厚谊，像是有贵人要来，老天爷大开了恩赐。

我心情一好，就请大家吃敦煌名吃驴肉黄面。中盘的驴肉，一人一碗加着臊子的面，爽口至极。这些一直干着苦活，感觉只有肉和面才能吃饱的汉子们，不停地夸赞着面好，并一口气吃了个干净。

突然又想起早晨请我们吃牛肉面的那三个人，如果不招呼一声，就太失礼了。给他们打电话一会儿就来了，陪着他们吃过之后，他们又走了。我便带大伙儿去看党河，走步而往，10多分钟便到。白天的党河没有夜晚的好看，但我们只能在此消磨时光。正要返回，对方打过来电话，说是他们老总到了，要我们赶快过去，抓紧时间赶往阿克塞。

我和邹琴子坐在甲方梁总的车上，副驾驶坐着他的父亲梁爷。老人家友善，说话时总是笑着。他儿子梁总是个精明人，口才好，不说一句废话，怪不得整个河西走廊都有他的生意。

进入阿克塞

阿克塞的大门向北开着,"人"字形的主门上刻有哈萨克语和汉语的"阿克塞人民欢迎您"8个大字。两边各一个拱门,正好占满了215国道,拱门上各有一匹前蹄飞起的骏马,雄赳赳,气昂昂,显得骁勇无比。

阿克塞集中了哈萨克民族,他们善歌善舞。我们在路边等甲方的人去找住宿的地方,甘肃银行和工商银行并排的门前,孩子们在玩耍嬉戏,灿烂的笑脸纯粹得没有杂念。大人们在闲聊,愉快的神情活跃得像在唱歌,显得无比亲切。

一会儿我们被甲方带到一个叫"怡家"的家庭旅舍,中年老板娘说一不二,她说一个人住一晚30就30,不能更改,床单不能换就不能换。甲方不说话,大家无语,只好住下。住下以后才看到,桌子上有铜钱厚的一层灰,枕头又黑又油,气味难闻。床板左倾右斜,厕所公用,不分男女。

晚饭是梁总订下的武威行面,挺不错。饭后我与邹琴子顺着饭馆门口的路向东走走。走几步就看到地砖上有旅游宣传的文字,仔细看了几个，觉得挺有意思。第一个是阿特姆太·卓玛尔提的故事。

第二个是英雄的故事。故事的大意是，一个名叫阿尔金的勇敢青年杀死了专吃牧民牛羊的猛兽。杀猛兽之前，同名叫苏干的两姐妹分别向阿尔金表露了爱慕之情，等阿尔金大胜归来，她们都要嫁给阿尔金。可大战之时，阿尔金砍下了猛兽的四肢，那四肢变成了现在阿尔金山下的几个白土山。猛兽被杀死，阿尔金变成一座大山将它压在身下，这座大山就是现在的阿尔金山。苏干两姐妹知道阿尔金不可能再回来，就常常流泪，姐姐化作了大苏干湖，由于泪水是咸的，所以湖水是咸水。而妹妹一心想着阿尔金回来和自己完婚，心中充满了甜蜜的希望，后来妹妹化作了小苏干湖，湖水就是甜的。

我们还看到了一个地图，地图以阿克塞为中心，北向敦煌、玉门，东向90公里是一个叫多坝沟的地方。西有民族风情园，西南是安南坝野骆驼自然保护区。而向南，就是我们要去的方向，从西往东分别有三条线路，第一条通向塔尔木，途经大苏干湖和小苏干湖。第二条通往花海子草原。第三条径直走380公里，是哈尔腾国际狩猎场。

380公里，这是我们老板说过的距离。我不停地念叨着哈尔腾国际狩猎场这个名字，并对它充满了好奇。

驶向驻地

　　车子从凌晨5点起身，向当金山方向行驶，皮卡车需要加油，但路过的加油站没有上班，只好到建设乡加油站再加。

　　皮卡车由甲方公司的冯经理开着，似乎慢慢熟了，再加上有梁总的父亲梁爷同行，大家一路说说笑笑，不知不觉把天说亮了。

　　当金山山高坡大，十分陡峭，下坡比上坡要走得更慢些，下坡要靠制动，不能一直踩刹车，否则关键时刻会突然失灵。当我们穿入当金山的腹地，山洼洼里的雾群像居家的山民，正在暖窝窝里睡觉，太阳不出门，它们不起身。

　　过了当金山本来是左拐，我们却竟自直行。不知走出了多远，带路的梁爷说，我今天咋好像转向了。

　　或许是他老了，临时犯了个易犯的老年病，所有人都没有在乎。

　　一会儿左前方出现了一片湖，水域辽阔，湖水映着蓝天，像一面镜子。但奇怪的是湖边没有绿色，只有沙石在与湖相互对峙着地老天荒。我突然想起大苏干湖。难道它会咸到寸草不生？就一片蓝躺在那里，像大地的一只眼，在安静地睁给天空看。

我在寻找着小苏干湖，那个想着甜蜜心事的妹妹。可我们已经错过了她。

梁爷说，路不对。上次来好像是过了当金山一直向东走，今天怎么越走越向西了呢。

冯总立即停车，打电话问梁总，梁总确定我们走的是冷湖的方向，赶紧返回。

找到岔路口后，车子沿着去格尔木的方向行驶，走了几十公里，才到那个加油站，大家舒了口气，下车加油。

听说过了这个加油站就没信号了，从此便与世界中断。我们赶快安顿该安顿的事情，像是在与什么告别，心里突然多了份悲凉。向东是我们要去的方向，到达目的地还有140公里，我又一次感觉到了远行的渺茫。

走了64公里，到了建设乡，路牌上标的却是阿勒腾乡。梁爷说原来叫建设乡，现在改名了，但叫建设乡的人还是多，知道建设乡的人也多。我们的目的地在离建设乡80公里处，需要1.5小时才能抵达。建设乡已搬迁，但这里有网络信号，想家了就可以到这里来打电话。不过80公里打一个电话，电话一定要通，否则，还会有一个80公里的返程让你失望。

安营扎寨

大货车早早就到了，跟车的大队长王延云和副队长周浩，已卸掉了好多东西。随着所卸东西的落地，哈尔腾草原牧草种植撒播工作就此拉开了序幕。

第一天，安营扎寨。

梁总拉着监理来了，先去看了看工地，然后回来检查帐篷和生活情况，并提出要求，我们必须遵守纪律。

阿克塞草原站的人来了，问我们的甲方呢？梁总机灵，说你们就是甲方，对方听高兴了，给我们交代在此居住的注意事项。

他们说，在这里吃饭不能太饱，六七分饱就行。没说为何，但我们都知道这里高寒，肚子和胃容易胀气。

又说这里有狼，还有其他野兽，必须要做好防范措施，但却不能伤害它们。还说这里偏远，一切工作要做充足。

梁总说，有卫星电话，必要时可以紧急呼叫。

他们特别声明，要保护好草原，下雨不能走车，平时不能开车在草原上乱跑。生活垃圾要及时处理，不能乱扔乱放，即使在草原，任何事情都要讲求规矩。最后他们的头儿突然对我说，像这样的女同志在这儿能待住吗？估计连一个月都待不下去。

我不服气地挥着手说，一个月后，咱们再见。我仍处在好奇之中，压根儿不了解这里的生活情景。

大家哈哈大笑，一哄而散。

派出所的也来了，问我们干什么的？

答，种草的。

又问我们是哪里的施工队？多少人？干多长时间？并让我们明后天拿着所有人的身份证，记好姓名、学历、电话号码、婚姻状况，去做登记。他们前后左右拍了帐篷周围的照片，然后离去。

梁总交代完诸事和监理走了。夜幕降临，我们收拾帐篷睡觉，感觉有点冷，床上像冰块一样，有点受不了。

外面风声呼啸，帐篷四周响声四起，我们说着草原站人说过的情况，开始有点害怕。这里真的有狼吗？如果狼真来了该怎么办？

好后悔啊，我来的时候还拿着裙子呢，之前也没人说过有狼。

50天内不知道还会发生多少变化。开弓没有回头箭。心里只能想着，但不能说出来。我们的工作队都是野外生活过的人，相信一切并没有想的那么危险。也相信只要有了人的踪迹，野生动物会主动退场。至于寒冷，逐步改善吧，一次考虑不周，三番五次补充物资，总会补充好的。

虽然怕着，但由于几天来连续赶路，累了，说着说着也都睡着了。

开工第一天下起小雨

开工的第一天就下起了小雨，怕轧坏植被，于是便没有出车。机手们三番五次检查车辆，确保万无一失了，便在帐篷里打起麻将。好惬意的雨天，若不用干活，就这样打发日子，那该多好，天涯之遥，神仙府邸。

可还没开工，天就如此，我与梁爷都惴惴不安，便到草地上去看看。这里地面坚硬，是砂石结构，很少积水。即使下再大的雨，这样的土地也绝不会翻起泥浆、带起植被的。于是我们决定，午饭后开工，迈出这期工程的第一步。起点是从帐篷后面，按要求与公路隔开80米远，从80公里起始，至84公里结束，单趟4公里左右，向北扩展，一直撒到靠山根处。就这样，祁连山生态保护与建设综合治理规划（2012—2020年）阿克塞县2019年草地保护与建设（退化草地补播改良）工程项目的草原撒播工程，就在一场小雨中开始了。

因为这是国家项目，所以施工要求特别高，责任特别大，任何人都不可轻视。此次撒播面积共10.1万亩，撒播的牧草品种是披肩草、老芒麦、星星草3个耐寒、耐旱、耐盐碱、抗风沙、根系发达、适宜在高海拔地区生长的禾本科作物，撒播的配比为 1∶1∶1，每亩撒播量 1.8 公斤。

撒播地点在当金山以东的哈尔腾国际狩猎场 70—84 公里之间，主要在公路以北，以南的也有，但不多。

公路的南边纵穿一条大河，叫哈尔腾河，河两岸都是草原，北岸比较宽阔，一直延伸到党河南山脚下，叫大哈尔腾草原。河的南边相对较窄，故而叫小哈尔腾草原。有名的哈尔腾山就在小哈尔腾草原之内，山的南北两麓都是草原，草原南端通向青海，向北，即是哈尔腾长廊。哈尔腾长廊内有山，有河，有草原，两边雪山相夹，远远耸立在低山后面，庄严而肃穆。

哈尔腾河东西流向，不知源起何处，但河水大多是雪山之水，一路走，一路汇流，直到最后才汇聚到了大河。

有山有水有草原指的就是这里，还有好多地方我们叫不上名字，当地的牧民也叫不上名字，只告诉了我们几个土山、石头河之类。他们关心的除了放羊还是放羊，四季的更替让他们成了羊群的裁缝，什么时间剪毛，什么时间接种，什么时间接羔，什么时间转场，他们拿捏得分毫不差，使哈尔腾四季分明。

大哈尔腾草原中间有一条石油公路，东西延伸，东至 100 公里处结束，变为砂石路，砂石路一直通到山里，同时也把无限的神秘延伸到了山里。油路向西至横过的 G3011 柳格高速加油站处，全程长 164 公里（仅油路总长），即：从加油站到老建设乡政府为 64 公里，再从老建设乡政府起，到油路尽处为 100 公里。沿路的牧民年复一年奔驰在这条公路上，生活和运输，放牧或进城，他们总是呼啸而过。这是一条乡级公路，狭窄，三四十吨的大车刚好走满，迎面来的车辆无法通过。交通管理部门便在路边用砂石铺了避车位，1 公里 1 个，可以避过最大的车辆。不过，这条公路车辆很少，经过的大多是皮卡或越野之类，大车除了工程运输，再就是三层铁栏的拉羊车辆。

这条路上不只是牧羊人家的车辆来来回回，还有各个部门的领导也时常经过。我们第一个见的大领导就是县长，他经过我们这儿停下，问知是种草的，便交代清楚高原生活常识就走了。

县长车上的人告诉我们，在这里不要喝花茶，喝了头疼。宜于喝茯茶，大块的那种。后来梁爷把花茶停了，可头还是疼，早晨起来脸和嘴都紫了。他是真正的高原反应，与茶无关，吃了红景天也不管用。

第二个是农牧局的局长，早晨五辆越野车疾风而过，下午一辆一辆返回。返回时局长的车停在我们帐篷前面，向我们交代注意事项，并说这是一个大项目，一定要干好，把影像资料多留一些。

这次工程的常住人口一共10人。我们是乙方，共有7人，5位四轮子机手，我是监工，邹琴子是炊事员。甲方3人，梁爷负责全局，胡国生管理施工，常师傅是司机，唯一的高档皮卡车是他的座驾。

我们的车辆是5辆东风404。甲方来了两辆车，一辆是八座面包车，另一辆就是这高档皮卡。工地上共有3顶帐篷，驻扎在80公里处。一顶大的由5位机手居住，中间小的我和炊事员邹琴子居住，最西边的大小和我们的一模一样的是梁爷、胡国生、常师傅3人居住。

我本来居住几天就要走的，我们的大队长同时也是监工，在山丹一贯如此，我几乎从不插手，他们也从不让我插手。可梁爷给我找了个差事，让我写施工日志。我告诉他，这事由我们副队长周浩负责完成。他不同意，说让周浩集中精力干活，晚上就不要加班写日志了。施工日志本来甲乙双方都要写的，谁写谁的，可现在决定以我们写的为主。就这样，我便被拴在了哈尔腾，想走都走不了了。而且到这时候我才知道，说好的我们要来8人，却只来了7人；来6辆车，却只来了5辆。若我再走了，我方则少了2人1辆车，有违合同。

我的老板说要雇1个人换我回去，可还是不够要求人数，除非再来2人，但如果那样的话，我们就可能挣不了多少钱，甚至还会因为延期而赔钱。所以，说什么我都不能走，除非老板亲自来替代。可老板主持公司所有事宜，来这儿又没通信信号，就是想遥控指挥也指挥不了。那样的话，整个公司运行就会瘫痪，就会因小失大。我只好留下，来代替老板。唯一令我放心不下的就是女儿和母亲，我不在，女儿会放纵自己，成为漫天乱飞的青春之箭。而母亲定会胡思乱想，她的高血压和低血糖一旦犯了都是挺怕人的。除此，我还有什么不安心呢？人到中年，适当离家调养，在路上其实不是奔波，而是一种休息。那时你会放下压力，发现自己究竟需要什么，想追求什么。一路上的风景不就正在为你解读着生命的密码吗？

第一次定位

清晨，送走作业车队，我转回帐篷正准备洗脸，胡国生就进来了，叫我和他们一起去划区域。我说，洗完脸吃点东西再走？

胡国生说，洗啥脸呢，很漂亮的，又没麻子。

我说，那我吃几口东西，要不低血糖的毛病会犯。

胡国生说，快些，车队没有路线就会乱撒的，早点回来再吃吧。

我还是不想去，万一低血糖犯了会很难堪的，再说刚到高海拔地区，还没有完全适应，如果去的地方海拔更高怎么办？

梁爷走了进来，对我说道，没那么严重，看你身体高高大大的，有扛头，去了早点回来。我一想来都三四天了，好像也没什么反应，反正现在肚子也不觉得饿，去就去吧。

天阴着，西风呼呼地刮着，外面冷极了。我进小帐篷穿上羽绒服，戴上口罩和手套，抓了一把糖装口袋里就走出了帐篷。邹琴子看到我笑了，她说，哎呀，三九天的驴可不过河了，六月里穿上羽绒服了。

我嗔怪她嘴巴子不饶人，就说，再没拿合适的衣服，就这穿上都不知道能不能焐热呢，昨晚冻成冰块了。

邹琴子说，就你一个人喊冻，其他人就不是人了。

我笑起来，说道，这么冷的天如果不知道冻的话，那确实不是人，是铁疙瘩。

胡国生对邹琴子说，帐篷里有炉子呢，你待着不冷，不能说去山根子里的人也不冷啊。转而又对我说，走吧，穿厚点，你们女人就是怕冷。

皮卡车的皮座椅铁一样冰冷，我坐上去后，把两手分别垫在了屁股下面。胡国生跟我说地图的事情，他说，这地图还没有搞懂，梁爷的意思是你识字多点，帮着我们今天去把整个区域划出来，然后插上旗子作为标记，车轱辘印就是路线，到时候撒播车跟着车轱辘印就撒去了，以免遗漏地方。

我听着也是，不然还能有什么办法，偌大荒滩一马平川，又没参照物，唯一的参照物就是两边的大山，但从这山到那山有几十公里，而且到处是沟沟岸岸，绕一下就乱了方向。何况地图的边线也不是直线，没有指引，撒播车很难走在正确的线上。

我说，十万亩地，要想精确地划出边线可不是一两天能够完成的，也不用急嘛。

胡国生说，今天要划出来呢，全部走过土地测量仪会算出精确的亩数，梁爷说掌握一下，计划出每天的撒播面积，除去天阴下雨耽误的时间，看看最少多少天才能撒完。必须要心里有数，不然撒得慢了拖到天冷，雪说下就下怎么办？搁到这里干不成活，把人冻死呢，任务还完不成。

这里海拔最低 3800 米，靠近雪山，真正下雪的时候天就已经很冷了，比阿克塞县城要冷好几倍呢，比山丹城就更冷了。梁爷不愧是当过书记的人，一开始作战就有谋略，而这样的谋略是掌控全局的预知，真是将才之风啊。这一出手就如此细心和谨慎，我们深感不及。以往我们并不测量，只是按照文件数据计算好了，之后每天达标完成，故而每次超了时限，随之也超了成本。

车子在油路上走了三四公里便拐向没有路的地方，我们只是跟着地图在走，刚下路平坦一点，越走越颠簸了起来，满滩里都是石头，大大小小的石头五颜六色，我不由得潜伏下了来日拣石的愿望。远远看到撒播车慢慢挪动，但不知他们依据的是什么路线。

胡国生说，我交代清楚了的，从昨天结束的地方开始，不要寻着边线走，而要横着来回，在范围之内，问题不大。

我们按照卫星地图确定方位，找到起点钉下一个旗子，旗子也不是正规的，是胡国生拿我们公司的条幅撕成条儿扎在木棍上的。能够看清就行，胡国生说。但我觉得视力要好，否则在这偌大的荒滩找一个又矮又小的旗子，还真不是件容易的事情。

胡国生说，下趟送草籽的车来时，一定要让拿上旗子，还有旗杆，能钉进石子的那种，这鬼地方太坚硬了。

要用不少呢，今晚回去用卫星电话给梁总说。我拿着胡国生的手机借助地图，把箭头指定的地方放到最大车才开始走，走得很缓慢，听我喊着左左、右右、一直走、直走……胡国生向后一直盯着起点的旗子，快看不清了他就喊停下。车便停下，他下去插下第二个旗子。他认真又有点儿兴奋，时不时就说一句粗话打趣，他妈的，这球地方曲曲弯弯，坑坑洼洼，把我们颠得像炒豆子，路线比臭婆娘的裹脚布还长。也只有老板的车才不怕心疼，换了我，会心疼死的。

司机常师傅说，这是最好的皮卡车，几十万元呢，崭新的，搁这石头滩上跑，换我也心疼。不过这地方必须要好车，如果三天两头坏了，那就一个老鼠要坏一锅汤了。不过我想，老板既然买了来这里使用，就不会考虑那么多的。

我说，咱们可得爱惜着使用，绝对不能出了问题，否则整个工程都会受到影响。

胡国生说，那是当然，车的好坏要看司机的技术，技术好的司机不会费车。

常师傅说，再咋好呢，我这技术，大车开好几年了。再说了，哪个司机不爱车呢，爱车就等于爱惜生命。

胡国生说，那你就开好，老板交你手里的可是新车，新车一般是不会出问题的。

常师傅没再说话，只是回头看了看胡国生，又左右看了看哈尔腾草原。

走到一个深沟岸边，常师傅刹住了车，伸长脖子左右望望，说道，下去看看，咋走呢，这沟也能过去，但最好绕一下，直接过去对轮胎不好，你看全是石头。

胡国生便下去了，顺着深沟一直向左走去，走到看上去只有米粒大才站住脚，转过身来向我们挥舞红色条幅，我们便开过去。那里沟岸低了，铺下了一层碎石，铺开了一条路，通向沟的对岸。看样子走过车，但显然已经很久了。皮卡开过沟槽，掉转向右，朝来的方向返回，我们沿着沟岸走，走了很久，到了地图指示的界线停下，大概一个多小时已经过去了。我们三人都下了车，瞅前面插下的旗子。我眼睛近视，看不清楚，常师傅也看不见，胡国生却看见了，二话没说，前走了几步，指着脚下让我拿旗子来定位。

钉下一个旗子后，便看见撒播的车撒着种子回转过来了，远远地像5只蜗牛，似动非动地慢慢变大，似乎从一种荒老走出了静止，以十分缓慢的速度向大自然的出口向我们走来。走了一会儿大概要过沟槽，突然不见了，它们走过的地方复又回到荒老，置我们于茫然之中。过了一会儿又出现了，又大了些，才看见一直是走的，像五个连在一条线上的蚂蚱，看不出优胜劣汰。又像五个连接起来的黑疙瘩，整体向我们缓慢地移来。看不清车上的人，便也看不出车是由人开的，更听不见车的声音，这里只有风的声音。天阴得能见度很低，我们看到的只有这些，车走过的地方很快像缝合了起来，它们的身后什么也看不到了。

我们等他们到来，胡国生问，到帐篷处加种子了吗？

王延云说，加了。

胡国生问，记数了吗？

王延云说，梁爷也记下了。

胡国生便给王延云交代路线，交代怎么照着旗子走，每趟撒到头都要扔下几个种子袋做下记号，绝对不能漏下地方，否则将来验收时被查出来，麻烦就大了。

王延云说，不可能漏下地方，我们是顺着上一趟的车辙印走的，第一辆车专门负责盯着。由于很费眼睛，每次掉头时都另换一辆车。

胡国生说，那就好，那你们就好好撒吧，我们向山根子里定位去了。

继续向山里走

　　又走了一阵，身后的雪山就越来越远了，前面的雪山越来越近了。前面的雪山比身后的雪山高，雪线也长，向西朝阿尔金而去，向东经张掖而来。低山向高山递进，雪峰从高处向低处消失。这里也是牧区吗？竟然也要撒下草籽？那么，这里的牧羊人是怎样的人啊？他们在这里有没有伙伴？他们的伙伴是什么呢？如果说，这里带有神性，那么这里的生物是不是就是神物？那样的话，这里的牧羊人呢，与我们有什么不同？

　　我开始感觉到乏力，身体似乎在一点点松散，头感到沉重，向下压迫着我的身体。瞬间没了说话的欲望，也不想下车，特别想睡觉。但看到雪白就在眼前，像是抵达了神圣的世界，我向往已久，某种情怀徐徐燃烧起来，神谕召唤着我，我似乎听到了来自高处的声音，清晰得让我莫名欣喜。

　　车继续前行，但我依然坐在车上。胡国生见我不下车干活，隔着玻璃喊我，你不下来看看雪山吗？你听雪山下的风是啥声音？我下了车，前走了几步就气喘吁吁，心跳得特别厉害。我看着他们说话，自己却说不出话来，努力镇定着自己，不住地喘气。心想，他们俩气喘吗？这还怎么干活？我可能不行了。胡国生看出了我的虚弱，对我说道，我们也喘呀，但喘也得干活，不然呢？常师傅说，你不看一路上坡，海拔越来越高了，我也气喘，还觉得胸闷。只见胡国生拿着测量仪捣鼓，随后也喘着说道，他妈的，海拔四千多米，我说我怎么也感到不适。但他没说该怎么办，也没说回去，转过身吃力地前走几步，吃力地用铁锹挖，挖出一个坑儿看我们。我下车和常师傅走过去，帮他钉下一个旗子，开着车继续往上走。我含了一个糖，闭目任车走，走了一阵车停下了，下车时常师傅说，动作慢点，注意安全，海拔越来越高了，胸闷得越来越厉害，我走不动了。胡国生下去了，他显然好些，他拿着铁锹和旗杆，也不管我们。

看到铅色的天空下，雪山高耸无顶，我的心情不由得庄严起来。美丽的女神，不，伟大的英雄，我终于来了，来得这么偶然。请再赐予我勇气与力量，让我在这漫长的50天里，解除狭隘与愚钝的思想包袱，豁达地留下来，心甘情愿为这次种草出力，从而锻炼自己，像队友们一样无畏。

我抑制不住靠近的激动，越往前走，心潮越是此起彼伏，气更喘得厉害。于是停下，看看前方，再看看脚下，偌大的空旷里，一丛一丛的禾本科牧草懒洋洋地伸展着尖叶，枯黄的部分比绿色的多，让人有一种季节走深的感觉，而顽强的绿色始终还是顽强着，它不知道后退。又发现了几棵稀稀疏疏的阔叶草，叫不上名字，把本来并不宽阔的灰绿色叶子使劲往一起合，却留出了一条缝儿，像是上天注定的距离，永远不能合在一起。它们就灰灰地定在那里，在等某种呼应抑或命运？或者它们什么也并不顾及，只是努力地长，才长得那么淡定，顾不了风吹雨打，也不管天高地长。那么弱小的草，竟然也专注地生长在无垠的空旷里，成功地证明了高海拔的一种生存，叫作"我能"。它们在因什么活着，活了多久？同伴多少？有热闹吗？

我想再找找其他，还没有找到，就气喘得不能自已，要晕过去的节奏，像要呕吐。我赶快停下，心跳得战鼓雷雷，喉部一阵梗堵，胃里翻江倒海。真要吐了，我下意识地控制住自己，就在我停住脚后，涌潮慢慢退去，气息慢慢平稳。我顿时一身虚汗，整个人疲软得没有一点力气，再不能说话，一说话心就跳，而说话还需要很大的力气。

  我取下口罩，低着头喘息，顾不得四周的情况。常师傅走上前来，问我咋样，他已经缓过来了，刚才也差点呕吐，他控制住了。他说，必须稳住自己的气韵，万不得已不要说话，一说就损力气，心也要跳出来一样。我又掏出几个糖，自己吃下一个，其余的给他，并示意给胡国生几个。他突然睁大眼睛看着我，半天不说话了。我看到他的神情不知发生了什么，心跳猛地又加快。他说，你的脸色。我弱弱地喘着气问道，我的脸色怎么了？他说，紫了，嘴唇也是，吓人。我乍听紧张，但很快感觉到心跳在慢慢平复，脑子还清醒，便立即控制了紧张。

  胡国生走过来，一手拿着铁锹，一手拿着木棍，嘲笑我们俩，看你们夸张不，就你们是人，我怎么没那么厉害。说着，他看向我，也睁大了眼睛，说道，你可没吃早饭，不是低血糖犯了吧？

  我说，不知道，反正不能走路，也不能说话。

  他说，跟我们一样。

  我说，我还恶心，一点力气都没有。

  他说，你不是有糖吗，吃上一个。

  我说，刚吃了一个，好像好点了。

  他说，钉完这个先回吧，我的肚子也胀得够不到腰了。

  我遗憾不能再向雪山靠近了，回头看了看，心想，雪山就在那里，一直都在，我还会来的，等我适应了高原反应，吃饱了肚子再来。

  离开时，我看到那些牧草安静地长在那里，它们一定看到了一切，我们的失态，在大自然面前的虚弱，刚才都暴露无遗，我让我自己大失体面，像一个贸然的闯入者，好没礼貌。我由衷地感到，我不如一棵草。

常师傅的高原反应

从山根子回来，我就恢复了正常，但邹琴子说我的脸变成了咖啡色，我照镜子，确实成了咖啡色，难看死了。我赶快洗脸擦油，还是变不过来。梁爷说，没事，过几天就好了，可能被风吹坏了吧。我一想也是，就在取下口罩喘气的当儿，风又大又冷，吹得脸疼，却没想到这么厉害，一会儿就变成了咖啡色。常师傅还说胸闷，一活动就气短。胡国生说肚子还胀，不过他说，从来的那天就开始胀了，一直都消不下去，自己感觉跟个球似的，不敢使劲，一使劲怕是要破呢。他又说，补送的种子得人装卸啊，大家得帮把手。

午饭后，司机们睡了会儿，半小时后起来发车出工去了。常师傅和胡国生开着皮卡车也跟去看情况，梁爷站在帐篷前看着他们远去。我没出帐篷，想休息一下，希望脸色尽快变白。睡了会儿起来看书，邹琴子进来在纸箱里取好吃的，给我些瓜子和水果，自己拿了些，到大帐篷一边吃，一边做鞋垫去了。她有丰富的野外经验，来的时候拿了好多零食，有水果、瓜子、火腿肠、干果，等等。她说水果是公公买的，知道她爱吃零食，野外又不供应，所以每次出外，公公都去城里买些让她带上。她还说，她家的院子里有一棵李子树，结得特别繁，可好吃了，再有几天就成熟了。可惜她今年吃不到，等50天回去，即使放得再好也都坏了。我说你吃着碗里的，望着锅里的，吃不上就留着让家里的人吃，你还惦记呢。她笑我没懂她的意思，她说家里就公公婆婆，吃不了几个，老人家会用陶瓷罐给他们两口子保存些的，但也会坏，保存不了多长时间。她说，忘了给老人嘱咐，不要存，送给亲戚和邻居吃掉算了。

一边吃零食，一边做针线不会瞌睡，不然瞌睡得心里发黑，突然清醒了会吓自己一跳。在野外就是这样，帐篷里往往只有她一个人。

我坐在床上看书，腰有些困了，想起来活动一下，听到邹琴子和梁爷在大帐篷里说话。我走出小帐篷来到大帐篷里，梁爷见我就问，这会子怎么样，感觉好点了吗？怪你早晨不早点起来吃早饭，到山根子去要危险了，那里海拔比这里要高出几百米呢。

我说，没事了，完全好了，这就有了经验，下次注意。

梁爷说，从山根子回来，常师傅说一直胸闷，心也还是跳，不敢干了，想回去。

我说，过几天就会好的，会适应下来，我们的人问了都说没事。

邹琴子说，我们的人是啥命，人家是啥命，能跟人家比嘛，人家可都是清闲处干下活的，高海拔地带去过的少。

梁爷说，也不是，主要是一个人和一个人的体质不一样。

我说，那咋办，万一适应不了，也不能强留人家，另找司机好找吗？

梁爷说，哪能好找，关键是要找个身体好，能吃苦，还要在这里能待住的。有的人一看荒无人烟，又没有信号，发急呢，怕是待不下去。

我说，也是啊，万一找上来干几天又要走，我们还得送到阿克塞去，到那里才能坐上班车。

梁爷说，说的啥，又给儿子添负担呢，今晚上来了再看常师傅的情况，没想到这个地方这么严峻。

四点多皮卡车就回来了，常师傅去停车，胡国生直接走进大帐篷，一见梁爷就说，不行啊，人家身体适应不了，补送的种子不装，也不卸，我一个人装卸的，我肚子也胀得难受。人家说，没说让他装卸，若装卸的话，他的身体受不了。

我们都无语了，一时不知道说啥是好，我心里没了主意，望着梁爷，期待他做出决定。

常师傅停好车走了进来，一进来就说，我不想干了，这几天一直胸闷，一活动心跳，再装卸的话根本不行，你们另找司机吧。

梁爷说，再坚持几天可以吗？等下趟种子车来带你走，我儿子也来，他带你回去。

常师傅说，可以，这几天我注意着点。

邹琴子说，你脸上看不出来，跟个正常人似的，原来也有高原反应。

常师傅说，一直胸闷，活动量大了心跳得厉害。再说了，活越干到山根子，我怕身体越受不了。

邹琴子说，谁出力气都心跳呢，我们的人刚来卸大车上的种子，心跳得可厉害了，这几天慢慢好多了。

常师傅再没有说话，我和梁爷也没有说话，我看梁爷脸上升起了愁云，眼睛看着帐篷外的远处，似是在酝酿主意。

吃晚饭的时候，梁爷问机手们身体感觉咋样，如果有不适的，就早点说，不要出了危险。机手们都说好着呢，没啥大的问题呀。

我也补充道，一定要及时告知，不能硬撑，问题大了来不及救治。

曹国文说，你看你，悬不悬，多少年来都是草原上干下活的人，连这个适应能力都没有，哪还能出外。

王延云说，没事，好着呢。

曹明也说，好着呢，你看一个个健康的，没啥反应啊。

梁爷说，那就你们撒播的，先按划好的边线正常撒播，划区域的先停一停，过几天再划吧，先适应高原反应。

装　　卸

　　补送的种子由我和胡国生装卸，装的时候需要两个人抬起来扔到车上，卸的时候很轻松，一拉就拉下车了。最里面的那几袋，上车滚几下就滚下来了。一天也送不上几回，早晨出工时机手们装一车，跟到工地他们又搭把手卸下来。第二趟我和胡国生装卸，梁爷也搭把手，常师傅不好意思站边上看着也搭把手。下午再送一趟就够了，我觉得也不是多大个事儿，还能锻炼身体，可常师傅和胡国生是咋回事呢，他们怎么一直都感觉不舒服？

　　午饭后大伙儿都躺下了，我和邹琴子还在洗锅，胡国生拿个脸盆进来舀水，说是要洗衣服。问他："不睡觉吗？"他说："一天不睡有啥呢，在家的时候，忙季上天天不睡，不照样也好好的。"

　　邹琴子说，看上去你比常师傅年纪大，可精神比他好，不愧是干下活的，适应能力就是强。

　　胡国生说，我们吃饭可不如人家，人家能吃两饭盆，我才吃一盆。人家是贵重命，我们是受劳苦的命。

躺床铺上的一个声音说,我看是你们俩合不来,人家不听你的,你一个人卸车,他定定站着。

胡国生说,人家本来就不是受人使唤的,只想握方向盘。

床铺上的人说,握方向盘的人只受老板使唤,其他人没有权力使唤人家。

胡国生再没说什么,沉着脸端水走了。

下午送种子的时候我也去了,我想去看看远处撒得怎么样了,也是想看看那里的地理环境,对干活有没有影响。地方就在帐篷后面对直的半滩上,说是不远,但站帐篷后面却看不清楚。看那里的山离我们很近,但撒播队伍出现在我们之间,才知道那山有多远。啥风景也没有,仍然是一望无际的荒滩,朝上走还是荒滩,荒滩尽处才是远山,但很难确定那荒滩究竟还有多远。身后是我们的驻地,也很远了,我的近视眼看不见我们的帐篷。而左右就是五辆四轮子撒播的草地,没有尽头,谁知道通向哪里。我仔细看着地上,也有一片一片的凸起,好像被人挖过。地表是土石结构,挖下去的地方是土层,但被鼠类打了许多洞穴,一个挨着一个,只是一些空空的窟窿,说着它们的存在。有朽土落成群堆,与几丛马莲相间,却不互相制约,竞争着,又相伴着,二者不相上下。胡国生说,有老鼠洞,也有旱獭洞,反正都是一类货,打出的洞很难分得清楚。他说着挪旗子去了,我和常师傅卸种子,我对常师傅说,你的身体不行,你别卸了,我慢慢来。

常师傅说,让我来吧,我一个男人家,咋能看着你一个女人家干活不帮手呢。

我说,你的身体……

常师傅说,没事,我主要是不想干了,当然身体也是一个原因。一月挣6000块钱,干的活比10000块钱的多,却还让人家无中生有,真不能干了。

他看了看不远处的胡国生，接着又说，这地方这么荒凉，人与人相处却乌烟瘴气，迟走不如早走。他又说，6000块钱哪里都可以挣啊，非拴死在这鸟不拉屎的地方来挣，吃住条件又差，再把身体整垮，十万个划不来。

我若有所思地说，我们都觉得还好，身体没大的不适。

常师傅说，我身体其实也没大的问题，但我仍然要离开，去新疆开车，一月也挣10000块钱，吃住比这里好，有网络，也自由。

他上了车，把最后那几袋种子滚下来，打起车帮，对我说，看你还是挺能干的，一个女人家，看起来文文弱弱的，干力气活也不犹豫。装卸这活就不是你干的，你打算就这样干下去吗？

我说，当然不是，得想办法，我装卸是暂时的，先解燃眉之急，还需要进一步商量协调。

到河边去

　　走过帐篷前面的几十米空地,便上了横在脚下的柏油马路,这不是一条平常的路,它由柏油铺成,是贯穿哈尔腾草原的唯一一条通道,像哈尔腾的脊椎,有着完整的长度。站在柏油路上看哈尔腾河,几乎可以看到对岸,但对岸过于遥远,环境过于复杂,却又看不清那里的详细情况。我每天站在路上看哈尔腾河,倒觉得可以取舍,也可以联想,受禁的思绪完全可以天马行空。哈尔腾河几乎与柏油马路同行,但河因山势而蜿蜒,因冲击力度不同而形成宽窄,疏松的地方宽,水却浅;坚硬的地方窄,水却深。河顺山而走,却与路分分合合,不知到哪儿就彻底分开了。

　　柏油路向东,是通往未知的陌生地界,不知通达何方。但每天都有车辆经过,似乎要去更加荒凉的地方,却又觉得荒凉里有热闹,吸引了他们。

　　向西是通往阿克塞的方向,到那里才能回家,才有公共交通按时出发。我每天都向那里远眺,但不远处有个山梁,挡住了放长的目光。自从来到这里，还没回返过来路，也没来得及记住路上的特征，是否尚有人的踪迹，是否可以半路搭车？万一我想回家，一个人可否顺着这条路回去？沿途有没有危险？一天能不能走完？常师傅要回去了，我也想回去，我想女儿了，我牵挂我的母亲。我想家，想我的花和猫。想一起玩耍的朋友们，他们是不是又去郊游了，是不是也想起过我？对于这次突然离开，我好比失踪一样，他们为我着急了吗？还觉得习惯吗？他们在人间烟火处，每天都一定很热闹吧？

然而，我必须收回纷杂之心，必须起带头作用，我是老板，我有责任让这里安定下来。这里需要多个秤砣，压定每一个人的无悔之心，心甘情愿地把活干完，力争在最短的时间之内，大伙儿一起回家。梁爷最怕有人提出回家，一提怕动摇军心。胡国生也开始想家了，一天天在梁爷耳根处唠叨，让他老人家不得清净。其实梁爷也开始想家了，想老伴和孙子，想早晨一起锻炼的老家伙们。平时相处惯了，突然离开，一下子觉得空落落的，车队一出工，顿觉得身边空气都凝滞了。尤其是夜晚，他几乎天天睡不着，整晚上大脑像点了盏灯，明亮亮的不黑下来，让他一点儿瞌睡都没有。他很纳闷，瞌睡哪儿去了？好几天都没睡了，他感到头疼，很疼，不能使劲活动，一活动就疼得脑子发黑。头疼了他就抽烟，越抽烟反而越没有瞌睡。我们说他思想压力太大，他说，他怀疑是高原反应。并说，如果真是高原反应，那就麻烦大了，天天不睡觉，身体就会出问题，身体出了问题，他就待不下去了。如果待不下去了，他儿子的这摊子事情可咋办呢。现在，常师傅铁了心要走，胡国生也跟着让他闹心，万一我们这边再有人闹腾，那摊子可就乱了。

我明白梁爷的难处，其实也是我的难处，幸好我们的人都没有问题，所以我就不能风口上加火了。

到河边去，去看看宽阔的流域，去看看那澄澈明静的河水，她有着怎样的气定神闲，以怎样的禅定，修炼着年复一年的平静。而大河之上的雪山更加淡定，无论风吹日晒，电闪雷鸣，那从容的心，毅然坚定。因此，雪山每年都在积雪，每年都在升高，每年都离天空更近了一步。

到河边去，借她的从容使自己淡定，向着宏大的纯净，开辟内心的江河，从源头到终点，完成一次次抵达，无论在天边还是胸间，完成一段流淌，就是一次辉煌。不回头，不负其途，每天都在复原，每天都在完成一个新的轮回。

机手们出现了高原反应

　　李斌感冒了，邹琴子进来给他取药，顺便又翻出一件毛衣。她说，犟得很，说啥都不穿，现在感冒了。昨天我就说天气突变，冷得像我们那里的冬天，把毛衣穿上，硬是不穿。瞧，今天冻病了吧。

　　我问，要紧吗？

　　邹琴子说，说是头疼，脸也紫了，我认为是风吹紫的，风又大又冷。

　　我心里一紧，问道，是不是高原反应？

　　邹琴子说，谁知道呢，头疼脑热是常事，难道一头疼就是高原反应？

　　她已走到帐篷门口，但又返回来说，给曹国文也拿个药吧，肿了，眼睛肿得鸡屁股一样，还说这里不能多吃饭，吃多了就会肿，难道是吃肿的。

　　我想起早晨出车时，几个人的脸都鼓嘟嘟的，以为没睡好，或是水喝多了，原来不是，他们感冒了？或是出现高原反应了？

　　我合上电脑，跟邹琴子来到了大帐篷里。大锅里的开水在炉子上翻滚，炒好的菜、醒好的面，都放在炉子旁的案板上，等待下锅、上桌。

本应是午饭立即开始的时候，邹琴子却先找药去了。李斌、曹国文、曹明三人蔫头耷脑，和梁爷并排坐在地铺沿上，像一个个焐化了的冻果子，软软塌塌的。

梁爷见我，开口就说，让把衣服加厚，这天气是突然变的，前几天我们勘察来时，你们王总和我儿子都穿着半截袖呢。梁爷又思忖着说，八十年代我在建设乡修乡政府的时候，也住了几十天啊，也是这时候，没这么冷啊，这地方就热这些天。也说不上是我忘了，都几十年了。接着，他又说，没事，天晴了会热起来的，阴不上几天。

李斌说，没事啊，不就是头疼脑热吗？家常便饭。快下饭。

王延云说，多大个事，都是小毛病。

他却拿着热水杯，双手紧紧抱着杯子。我看他的脸还鼓鼓的，但精神还可以。

胡国生也凑进来了，开口就说，那面要多滚滚呢，我肚子胀得罗锅一样。

梁爷问，我给你的药吃上不行吗？

胡国生说，啥用都不起，肚子还是胀，腰带已经放到最后一个眼眼上了。

梁爷说，儿子明天就来了，我给交代再买些药。

常师傅一听问道，梁总明天要来吗？那我明天可回呢，你给说了没有？

梁爷说，说了，新司机已经找好了，这回是个年轻娃娃，才22岁。

胡国生一甩头说道，年轻娃娃来能待住吗？这里没有信号，现在的年轻人一天都离不开网络。

梁爷似乎也在担忧，慢吞吞地说，来了看吧，短时间内再找不上合适的人选。

面下到锅里了，我擦了擦地桌，放好辣子、醋、咸菜（羊胡子），端过炒菜，始终没有说出机手们是不是高原反应的缘故。我想逃避，但愿不是，几个人都出现了症状，万一加重，这活可咋干呢。重新找人不是件容易的事情，只路程这么远，就是个大考验，还有车呢，谁是谁的车，难不成换人也要换车吗？那样的话，代价可就大了。再说，谁能保证，换来的人就没有高原反应呢，谁能保证，来了没这不适、那不适的。但生命安全比什么都重要，每一个都是金疙瘩，一旦出了问题，谁都担不起责任。

我愁眉不展，心里没了主意。和邹琴子下出一锅面来，从大盆子里往每一个小盆子里捞，捞得十分细心。邹琴子看我一语不发，呵呵笑了，嘴上攒了劲说，你能撑住点大事吗？看把你愁的，多大个事啊，不就头疼脑热吗？过几天就好了。快下饭，下上吃饱了让睡会儿，身体好了啥都会好的。我听我们李斌说昨晚上没睡着，可能是挪了地方的缘故。

我问，家里睡得怎么样？

她说，他一直瞌睡不好，经常半夜起来抽烟呢。

只有周浩没啥反应，我和邹琴子也没啥反应。我就奇怪了，除了那天去山根子里闹了一回，回来再就好了。我平常大病没有，小病不断，来哈尔腾好些天了，竟然再没任何反应，而且晚上睡那么早，睡眠还不错。

午睡的时候，我故意试探邹琴子，我对她说，如果李斌一直头疼，这活还真不能干了，身体要紧。

邹琴子说，玄不玄，过几天就好了，我们老百姓能和你们老板比？没那么金贵的命。你放心吧，赶紧睡觉。

气氛轻松了起来

晚上收工回来，机手们按顺序停车，前面一排是王延云、周浩、曹明的车，后面一排是李斌、曹国文的车。车头朝着帐篷，两排扩展出去，我们的阵营无形中扩大了很多，站在柏油路上看整体，还是一支不小的队伍呢，有车有房有粮草。高过帐篷的草籽垛横在帐篷后面，像一道坚实的屏障。在帐篷的东后方，50多个油桶挨个儿码开，像整齐的兵卒，随时恭候着作战。油桶正前方，与帐篷水平的地方是煤堆、夹板、电焊机、面袋子、瓜袋子、柴袋子、菜袋子。面袋子、瓜袋子、柴袋子、菜袋子上盖着塑料和黑色遮阴网，不怕雨，也不怕晒。

机手们开始加油，提过一桶油来，放到车头上，然后一脚登上车，打开油盖，斜着身子往里倒油。速度得慢，是那种名副其实的慢工出细活。都屏着气，两眼紧盯着进油口，随时注意着溢油。只有曹国文的车是老一代，油口设计小，还有个挡板儿，所以必须用油管子注入。曹国文便把油管一头插进油桶，一头拿在手里，调整呼吸，然后把油管放进嘴里吸，快吸出油来时，赶紧把油管塞进油箱里，油便淌进了油箱，似是一股清泉，一股气地滋养着干涸。曹国文便站在旁边一边照看，一边开始唠嗑，他的唠嗑主要是调侃王延云，因为王延云是头儿，又是我的大伯子，是个好素材。

他说，王延云腿抖地个样样儿，专门抖给弟媳妇看呢。说着贼笑着看我。

我瞪他一眼，不敢接话，怕他接着大做文章。

李斌说，你抖啊，你抖给女人看。

曹国文说，呔，我站在地上，想抖腿不听使唤。你们站在车上，手里掌控着50斤重的油桶，像蚂蚱产蛋的一样，腿不抖能说得过去吗。

王延云说，你一天那个嘴就没好话，吸进去一口柴油你就不说了。

曹国文说，就你那孬技术才能吸进去，吸进去还悄悄装着，似乎人不知道，到跟前一股子柴油味。

王延云说，身上有柴油味那是一天跟柴油打交道呢，吸到肚子里的你也能闻着。

曹国文说，实鼻子才闻不着呢，自己放屁自己都不知道啥味道。

李斌给王延云帮腔，好像你的身上没柴油味，好像你也知道自己的屁是啥味道。

曹国文说，呔，李斌这个坏尿，你难道连自己的屁是啥味道都不知道吗？

周浩接上话了，曹师傅不放屁，一放都放的是香屁。

大家哈哈大笑起来，曹国文也笑了。梁爷走过来问道，看样子感觉都好些了，有说有笑的，头不疼了吗？

李斌说，好多了梁爷，没嘛达。

梁爷说，曹师傅的脸还肿着呢，有啥不舒服没？

曹国文说，没啥不舒服的，男人家的脸嘛，肿了肿去。

吃晚饭的时候队员们讲撒播时的所见所闻，曹明说，荒滩上看到动物头骨了，特别大，不是野马的，就是野牛野驴的，反正特别大，都是空脑壳子，不知道啥野兽吃下的。

周浩说，再有啥呢，肯定是狼，再不就是狗熊。

邹琴子说，狼能降住牲口吗，狼才多大。

曹明说，群狼，狼一般都是成群出现，再说狼也比牲口聪明。

梁爷说，那你们要小心些呢，狼可比人狡猾。

曹国文说，狼再狡猾也怕火呢，狼来了我们就点火烧它。

梁爷说，那你们每人要装一个打火机，不抽烟的人也记得装上。

邹琴子说，装上两个，一个干着急打不着了还有一个。

我们听罢笑了，王延云说，等打第二个时狼早上来了，那会子李斌早吓蒙了。说着，也呵呵笑了。

李斌说，我天天抽烟，打火机使得熟练，你不抽烟，你可要小心呢。

大家都看着王延云笑，王延云说，玄不玄，谁好像没使过打火机，现在的猪都会用打火机呢。笑声更大了，整个帐篷的气氛比中午明显轻松了起来。

晚上躺在床上，我和邹琴子聊天，她说，其实谁都在硬撑，撑过这几天就适应了，哪个没有点高原反应，可能就我和你没有。

我说，周浩年轻，好像也没有高原反应。

邹琴子说，对，好像就周浩没啥反应，年轻娃子，干下活的，身体好得很。

我诡异地说，其实我也有高原反应，我的高原反应就是吃饭多了，端着盆子。呵呵呵。

邹琴子听罢笑了，说道，对，饭是你老板的，你多吃上些，别回去了王老板说我们没照顾好你。

我凝住了笑，又开始想家，邹琴子却躺被窝里看《知否，知否》，声音放得很小，我听不见，但却怎么也睡不着了。

高原上的流浪汉

是狼吗？为什么长着狗的样子？

是狗吗？为什么拖着长长的尾巴？

自从我们来到了哈尔腾草原，它就每天盘旋在帐篷周围，像是蓄谋一个巨大的阴谋。

哈尔腾草原在当金山以东，东西长200公里，是一条长廊，两边雪山耸立，俨然如两道屏障。一条长廊具有四季牧区，像缩小版的河西走廊。哈尔腾的羊群在这条长廊里来来回回游牧，唱着它们的四季牧歌。

我们是来哈尔腾草原种草的，在偌大的草原上种草，是一个听起来有点陌生的话题。我们种草的地方是秋季牧场，羊群转到夏牧场去了，所以这里轻易见不到一个人。听说这里有狼，就不是人待的地方，尤其不是女人待的地方，因为女人更加怕狼。

我们在帐篷前面干活，一条似狼似狗的家伙一直在周围远远地转悠。它可能是在寻找食物，因为它孤单，所以不敢贸然接近我们。万一那是一只狗，我们可以给它一点食物，但又不愿意一直给，万一吃惯了呢，它会不会赖着不走。

我惧怕它,它的头颅很大,又长又大的尾巴拖着,只有狼的尾巴才拖着阴谋与企图,也拖着冷漠与无情。而狗呢,只有一只病狗才会拖着尾巴,因为它已翘不起高傲和尊严。更令人疑惑的是,它从哪来里?要到哪里去?是牧羊人丢弃的牧羊犬吗?还是另一种野兽?

大概是只狗,留下给我们看门,那样,我们就再也不担心豺狼了。

是啊,如果是只狗,先喂着它,等我们干完活,走的时候带它回去养着,相当于养了只藏獒,它凶猛着呢。

只有一个人说,哄过来宰了吃,这么冷的天,那可是大补。

我们骂他狼心狗肺,他立马住嘴,惊愕地望着我们。

老板到草原来给我们开会,他讲到安全问题,其中一条就是必须防范野生动物。他说哈尔腾草原不仅有狼,还有熊、野狗,千万不能给它们吃的,给一个会招来一群的。

可我们心里想的和他不一样,他只会讲安全,却不知道我们每天内心的担惊受怕。人和动物如果达不到和谐,哪里会有安全。我们因为怕它才远离它,可它不放弃接近我们,虽然还没达到侵犯的距离,可它绝对有觊觎之心。

第二天早上,送走种草的车队,我在帐篷里看书,邹琴子在帐篷外突然大喊,快来看啊,那是条狗,它已经离我们越来越近了。

我赶快拿了手机跑出帐篷,只见那家伙又卧在帐篷的后面,像家犬一样,它已经具备了足够的耐心等待着午餐或是晚餐。

我拿起手机对着它拍照,邹琴子让我走近点去拍,我清楚她说的位置应该在安全范围之内,就慢慢走过去,手机放大了焦距,镜头里的那个家伙果然雄大。生平被狗咬怕了的我心又虚了,硬撑着胆子想把它拍得更清楚一些,它却突然起身,我的心猛抽了一下。只见它悠然地向远处走去,但怎么走都不离开我们的视线。这聪明的家伙,怎么走都不离开我们的视线，并把我们的驻地转成了圆球。

它每天睡在我们的四周，或前方，或后方，有一天还走到了帐篷门口的水桶旁边，邹琴子吼了一声，它就默默地走开，没有丝毫要伤害人的意思，反而更像个知趣的孩子。

又一天，邹琴子激动地喊，快来看呐，今天的狗尾巴卷起来了，它没有病，它是一只健康的狗。

是啊，它的尾巴卷起来了，浪花一样漂亮，左右摇摆着，像是在讨好我们。

防备之心慢慢没有了，我们给它食物，它就毫不客气地吃着。吃完了睡在我们的帐篷前面。一会儿抬头朝我们看看，一会儿又把头窝下去像在睡觉。它没有与人抢食的意思，倒像我们的忠实伙伴。邹琴子把剩下的饭菜全倒给它，它总是在邹琴子离开之后才跑过来吃。这聪明的家伙，总是保持着距离，却又不肯离去。不毛躁，也不会蹑手蹑脚，像个君子。

果不其然，自从吃了我们的第一顿剩饭，它就睡在了我们的帐篷前面。当天晚上风特别大，我们的帐篷被刮得噼噼啪啪乱响，我们不敢出门，早早就把帐篷拴死了。

后半夜，我们被一阵又一阵的狗叫声惊醒，心跳得厉害。狗叫声先是在前面，一会儿又叫到后面，然后又叫到门口，像是在追赶什么，丝毫不让步。所有人都被吵醒了。我在心里暗暗感谢那只狗，要不是它，也许我们不会知道哈尔腾的夜晚有这么大的动静。它已经自告奋勇地成为了我们的保护神，正在极力地保卫着我们。

从那以后，老板便不再阻拦，我们收养了它。第二天喂它的时候它特别高兴，翻起身来，大摇大摆地就向我们走来。我们也开心得摸它的脊背，它就摇摇尾巴，向我们致意。

有一天突然来了两个人，狗冲着他们狂咬，他们也不怕，越走越近，快到狗的跟前时，狗掉头跑回来了。它不咬人？还是它怕人呢？或者他们认识？

那两人走到我们跟前问，有没有见过另一只狗？他们在搬家的时候走丢了。我们说没有，只见了这一只。他们说，那是不小心丢掉的狗，还以为它会找到夏牧场去，谁知却一直没有回去。那是一只好狗，特别灵。不像我们收养的这只，由于偷吃过小羊羔，被放羊的骑着摩托车追着打，一直追到山根子里，狗跑不动了，摩托车还在追。狗急了跑进了山里，摩托车才停下来。狗一般是不敢进山的，因为山里有大野兽。

他们还说总有走丢不想回去的狗，一看到草原上或河坝里有同伴就留下了。立冬之前总能够找到吃的，死鹰、死黄羊、死青羊、死驴、死马都会有，都是被野兽吃剩下的。还有老鼠、旱獭、河里的鱼，狗会抓了吃的。等到羊群从夏牧场转回来了，它们才谁回谁的家。回不去的就在周围的帐篷上蹭着吃，所以它们对这一带的牧民都熟悉，像牧民与牧民之间一样熟悉。只有冬天是危险的，整个哈尔腾全部被雪覆盖，狗如果不跟着羊群去冬牧场的话，不仅找不到食物，而且还会被冻死。每年春天羊群回来的时候，雪地上都有冻死的各种动物。雪融化了以后，那些尸体又成了其他野兽的食物。

我已经不怕那只狗了，即使它睡在那里，我也敢一个人走近它。我知道它不是敌人，接下来的日子，我们将相互依赖，直到把这里的活干完。

过了几天又来了几只狗，它们也想留下来，可我们养活不起，再说已收养的这一只也不要它们，总是撵着它们咬，没有一点儿友好的样子。于是它们继续在河坝和草原上流浪。

独 角 戏

施工现场离驻地越来越远，7点钟装好的车，赶到撒播目的地时已快8点。今天的起始地点在最西边的北纬38°35′42″，东经95°52′14″与95°54′15″之间。

5辆东风404一字排开，整装出发。迎着太阳，吹着晨风，一粒粒草籽飞旋在晨曦里，像一个个喜悦的天使，跳跃着，奔跑着，欢快地落在自己该落的地方。

上午11点，甲方总监胡国生走进帐篷说，准备下饭，撒播的人马上就要回来了。

我们一听愣了。今天怎么这么早下班，撒了几趟？我问。

胡国生说，两趟。他们说早点回来，下午了早点出工。

我疑惑不解，走出帐篷向后山方向望去。只见五辆东风404飞一般向驻地奔来，像一个个凯旋的英雄。

梁爷、胡国生、邹琴子和我，都糊涂了，一字站在那里看他们飞奔而来。我自言自语，他们这是演的哪出？掉头回来的时候才10点多，也太早了些吧！

胡国生说，他们说一天跑5趟就行了，上午2趟，下午3趟。

我问，这样的话，一天能跑多少亩？

胡国生说，就是个一千八九百亩。

梁爷说道，这不是离我们要求的日工作量少了很多吗？一千八九是谁定下的？

胡国生说，就是，一天要少干600多亩地呢，不知道工程能不能按时完成。

梁爷说，肯定完不成，我们早计算好的，工期50天，一天2500亩，加天阴下雨，搬家修整。否则，说啥都不可能完成。这才刚开始，谁知道中间都会有些啥情况，他们这是啥意思，怎么不听领导的呢？

我心里犯了糊涂，难道真如耳闻的那样，他们挣的是日工资？不可能啊，大队长是自家的亲哥，副队长是亲外甥女婿，而且两人都是我们公司的骨干。

我突然想起邹琴子三番五次说的话，这次工期必须得60天，50天根本干不完。

我问那不是违反了合同吗？

她说不知道，反正得60天。

原来他们已经计算过了？连炊事员都知道，可怎么偏偏就我不知道呢？再说，工期时间是整个项目计算好的，要求多少天完成就必须多少天完成，延期不是在违反合同吗？

这怎么行？耽误十天那将意味着什么？

吃饭的时候，我与梁爷跟他们合计，如何如何才能如期完工，不能拖延。气氛非常严肃，两个队长一言不发。有人说，下班早了，下午早点上班。我们才放了心。

他们饭后就上工去了，我们不放心，开着皮卡车东一趟西一趟地跟着看，42分钟一个单趟，加上到头加仓，50分钟轻轻松松撒完了。这样从早晨7点上班，中午12点下班，5个小时，完全可以撒3趟，那么一天撒6趟，刚好完成每天的计划任务。

下午，撒完3趟还不到5点，我问再撒不了？所有人都只是拾掇着车辆，没有人说话。我便走到大队长跟前问他，他让我问大家。我说如果不把早晨少撒的一趟补回来，那么你们中午提前上班又是为了什么？

曹明轻轻地说，撒了就再撒一趟吧。

我没有想到他解了围，我说，好。

他们又开始撒了，我知道这一趟不可能六点钟下班的。但出门在外，哪有像办公室一样按部就班，只有完成任务才能休息，拿多少工资得干出多少活来。再说，甲方追我，我得追着原则。

晚上回来，还是没有一个人说话，气氛凝重。我对所有人说，一天必须得撒够6趟，不然说不过去。

还是没有人说话，只有我一个人被晾在那儿唱独角戏。我严肃地说，工期50天，必须按时完成，50天完不成剩下的活你们义务完成。当然，这还是在甲方同意的基础上。

仍然没有一个人说话，只有叮叮当当的吃饭声很响。我在冷场里不知道如何拿起饭盒去盛饭？我突然感觉到身心疲惫，但又不得不约束他们，我行我素会改变事情的性质。

哈尔腾国际狩猎场

　　经过昨天的较量，今天按量撒播。上午3趟，下午3趟。只是速度有点慢，下班时间很迟，中午1点多，晚上8点多。我也是没办法了，甲方求质量，而我求数量，一切都达到了，我还能说什么呢。迟就迟吧，只要他们不嫌迟，那就熬吧，反正我就是熬日子来的。

　　中午时分，我们的帐篷前突然停了一辆皮卡车，下来三男二女，张口就问我们是干什么的？在这里就这样，无论什么人来，第一句都问，你们是干什么的？当然，我们见到别人，也这么问，像是与时空搭话，只有一句暗语。

　　岁数最大的一男一看就是牧羊人，长长的头发，黑黑的脸，黑黑的衣服和脸一样，手上夹着半截烟，一直笑着。另一个男的和他有点像，但比他年轻，他说我们帐篷西边的羊房子就是他的秋季羊房子，再有一个月，羊就从夏季牧场回来了。皮卡车厢里拉的3只羊也是他的，我们如果想要，就卖给我们一只。第三个男的三十几岁，脸上长满了粉刺疙瘩，说是建设乡的书记，看上去有点年轻而单薄。梁爷和书记说着话，我问另两个男的哪个是阿尔金雪山？这里是不是哈尔腾狩猎场？他们说这里就是哈尔腾国际狩猎场，但阿尔金雪山在当金山以西，不在这儿。

我问狩猎场是什么年代的？怎么叫"国际"？

牧羊人说，九十年代的，那时候把这儿租给俄罗斯人打盘羊，所以叫"国际"。

打盘羊干什么？我问。

牧羊人说，因为盘羊有漂亮的角。俄罗斯人拿着麻醉枪，把盘羊打醉了，用尺子量它的角，如果不够标准，就把盘羊放了。如果够，他们就把盘羊宰了，只拿头和蹄子去俄罗斯。

我有点惊奇，问，他们只拿头和蹄子去干什么呢？

他们七嘴八舌，说是展览的，他们国家绝种了，就来买我们阿克塞的。一只好像几百万元，我们搞不清楚。

我更加疑惑，九十年代几百万元？于是又问，那么多钱给谁？国家吗？

他们说，当然是给国家，阿克塞也给，好像是一只羊给阿克塞60多万元。

那两个女的在我们帐篷四周转着，并问我那是什么种子，南方可以种吗？

我说不能，那是高原地区种的牧草种子，南方种不出来。当然，如果你们感兴趣的话，也可以拿一点去试试。可是试验成功了又能怎么样，那里有草原吗？有羊群吗？

原来她们是从南方来的，其中一个说，乡长是她的姐夫，专门带她们到这里来玩的。

我问，玩得好吗？

她说，嘿，这地方，来过一次就不想第二次了。

我笑了笑，心想，要认可一个陌生的地方，一次才仅仅是个开始。

我转过身问牧羊人，你们知道那只狗吗？

牧羊人说，是羊房子搬家的时候跟丢的。你们养上，拴住它，它就是你们的了。

我心想，才不拴呢，拴住就不能追不速之客了。

我又问，那狗到了晚上追着咬的是什么？

牧羊人说，狐子，或者狼，这里多得很。

我问，不是旱獭吗？

牧羊人说，狗看到旱獭和老鼠不会出声，直扑过去逮住了就吃。

哦。也就是说，狗晚上追着咬的不是狐子，就是狼对吗？我问。

牧羊人说，还可能是野狗，这里丢掉的野狗也很多，咬它们是护地盘呢。

梁爷果真买下了一只羊，900元，我们高兴极了。可是，谁来杀呢？所有男同志都出车了，帐篷上只有我、邹琴子和梁爷。梁爷高原反应厉害，头疼不说，动一下就气喘，怎么能杀羊呢。出车的男人们回来天已经黑了，黑灯瞎火咋杀羊？高原的夜晚可是黑得令人窒息，你睁着眼睛看前方，眼睛是瞎的，心和大脑都是黑的，只有意识告诉你这是夜晚。你孤立得只剩下意识与惧怕，眼找不到手，呼吸找不到安全。抬头看天，星星会告诉你没有失明，听着风声，你才知道尚在人间。

梁爷去帐篷脱掉了外衣，走出来时一边卷袖子一边说，来吧，还是我杀吧。

梁爷很利索地就割开了那羊的脖子，口子很大，柱状的血液喷薄而出。邹琴子说，倒霉的羊，你的命太不好了。而我双手颤抖，尽管如此，还是接了羊血，让它在盐水里凝结，然后和梁爷一起，用剪刀挑开了羊皮。

等我们侍弄的完全是一只死羊时，所有的悲悯之心已抛之脑后了，剩下的只有快快收拾死羊，收拾完了等出工的人回来，一起吃来哈尔腾的第一顿羊肉。

只一会儿梁爷就气喘吁吁，嘴唇已变成深紫，但他仍然没有放下手里的活。邹琴子进来出去送水、递刀，我便成了主刀手，扒皮、分肢。

胡国生回来了，他和邹琴子翻肠倒肚，翻了半天弄不好，只留下了肚子，肠子和油全部扔给了那只狗。

掌灯时分，出工的人回来了，炊事员炒了羊下水和血吃，大家兴奋不已。曹国文说，又吃到山丹的炒拨拉了。吃吧，吃上就不想家了。

梁总带来了新司机

　　一早，梁爷跟车队去工地转了一圈，与大伙儿合计着选好了卸种子的地方，又被皮卡车送了回来，去帐篷拿了水杯和脸盆，到大帐篷来舀洗脸水和开水。他说，头疼得更厉害了，已经好几天没睡觉了，倒杯水去吃头疼药。他的脸色紫红，表情疲倦，言行动作缓慢，似是乏力的样子。他对我说，今天儿子来呢，又送一车种子，够撒一段时间的。常师傅今天要回去，新司机来了替换他。我可能也要回去，头疼的时间长了，儿子说啥都不让待了。这里的事就靠你和胡国生了，多操点心，多去工地看着点，重点把活要干好，还要保证大家的人身安全。

　　我应诺着，心里不免有几分羡慕，我也想回去，哪怕是回去看看再来也行。

　　梁爷又对邹琴子说，你煮些羊肉，儿子来了让他吃一点，这里的羊肉他没吃过。

　　邹琴子问，煮多少呢，他们来几个人？

　　梁爷说，几个人还不知道，你煮一锅，能吃多少算多少。

邹琴子拿锅煮肉，我走出帐篷在草地上散步。好空旷啊，也寂静至极。天晴了，风不太大，仿佛这样一个静怡的天地是留给我的。允许我行走，也允许我悲伤。但我想一直走下去，走出一个清晰的自己，走丢那个模糊的背影。让狼来吧，我的落寞让它胆寒。让熊出没，此刻无我，让它冰冷地长嚎。旱獭们为我吃惊吧，我走过时，会出现一条长河，带有眼睛的温度，无声，也无表情，木呆得令风让路，庄严得令哈尔腾动容。让我成为这里的石子，冰冷地出现在深陷的荒原。让我成为一棵草，心甘情愿地热爱这片土地，不能够长高，却要把志气长得笔直。让雪山加持我，赐予我强大的神力，不慌、不躁，和那些男人一样支撑住自己，如驾神骏，安心在哈尔腾驰骋数日。让一段时光圆满，让走过的路繁衍，长满绿色。我相信，哈尔腾会护佑我，哈尔腾之神就在身边，干涸的土地并不干涸，荒凉的草原并不荒凉。羊群会回来，与草原相逢，生命的激情在不停地滋长，如山高，如水长，如长鹰蓝天，在信念的尽头，真实得并不遥远。

我走着，也想着，返回时已很平静，仿佛一个垦荒者，刚刚把自己开垦过。开出了一片新的领地，虽然有石头、风暴、干旱，和漫漫长夜。但已不再流亡，有了明确的历史扉页，需要笔墨，需要时间的书写，深邃而魔幻。它需要打开，展现在水的表面，被光照，被反射。透析力所能及的深度，不被掩埋，不被遗忘，不被荒废在自己的荒芜里。

午饭的时候，梁总带着种子车到了，同来的还有冯经理和一个年轻人，冯经理开梁总的车，也是梁总的得意助手。年轻人阳光、友善、待人和气，进入我们的群体就活跃在我们中间，又说笑，又帮忙，还主动把旗杆卸下来，在皮卡车上装了一些，说是随时可用。他像一股崭新而温和的清流，让人舒服，也让人感到踏实。有文化，有见识，接受过好的教育，还懂得人情世故。他穿着军用皮鞋，留着飞机头，短小精悍的皮夹克擦得油亮。

梁总给我们介绍，这是新来的司机，叫郑飞，复员军人，请大家多多关照，有事也可以请他帮忙。郑飞对我们微笑示意，仿佛像梁总的特使，对我们施以主人般的接纳，吃了几块羊肉，利利索索地帮常师傅打起行李。然后，又把自己的铺好，开着皮卡车，和胡国生跟着种子车卸种子去了。

梁总交代完诸事，急急忙忙要回去了，说是敦煌有事。同时走的还有梁爷和常师傅，我和邹琴子站在帐篷前面目送他们。蓝色的天空被他们的远去拉长了，白云顺着山脉，向与他们相反的方向飘移，我的心情无比平静，对他们充满了深深的祝福。

哈尔腾的风

晚上风大，帐篷被刮得哗哗作响。那风中暗藏了千军万马，暗藏了抽刀磨剑，也暗藏了鬼哭狼嚎。幸好我们收留了那只狗。我给它起名叫雪虎，希望它像虎一样凶猛无敌。

入睡之后，帐篷里的世界安静下来了，可帐篷外的世界才开始疯狂。人一退场，动物就出场了。雪虎的叫声停不下来，我们也没法睡觉。好样的雪虎，不负众望，有了它，我们在哈尔腾的夜晚就不再怎么害怕了。

也有一个胆大不怕夜黑的人跑夜，不知碰到了什么，却吓得又喊又叫跑回到帐篷。这时候，所有人才相信，这儿的夜晚实在可怕极了。睡大帐篷的男人们，晚上睡觉却要用一个个小板凳堵住门。

我说，狼一伸嘴就推倒了。

曹明说，听到声音，我们早就起来了。

我说，起来又怎么样呢，狼都进屋了。

曹明说，进来了再说，我们5个大男人呢。

所有的草原之夜都是寂静的，哈尔腾也如此，除了风，诸神都在静守自己的领域，安家立命，打盹做梦，尽管夜黑风高，尽管雪虎在狂叫。

地图上的纠纷

  这几天撒播任务十分艰巨，来回的距离拉长，地形坑洼厉害，颠簸加强，车辆速度减慢。

  机手们吃过午饭就走了。邹琴子躺在李斌的床上睡午觉，我坐在地桌前写日记。我们的小帐篷里太热了，大帐篷里通风好点。

  梁爷进来了，坐在桌前说他的头疼，整夜整夜没一点瞌睡，已经好几天了。头疼时也不敢使劲摇转，否则疼得更厉害。看来他是真老了。我们都建议他出山休养，好点了再来。他说什么也不答应，说不能给儿子添加任何负担，这么大的工程，他要让儿子放心才是。我的眼前又出现了每天黎明时分，他看着装车、出工，然后一直望着车辆向施工地点驶去，这就是父亲。

  午后，胡国生非要叫上我去测量西边的那一大块亩数。我知道是梁爷的意思，人老了最看不惯的就是人闲着，尤其是女人闲着。他千方百计阻挠我写东西，一看到我写的时候就给我找事，他怕我钻死角，被闷出病来。

我们坐着皮卡车在找地图上的西北角，跟着那天走过的车印走。可是走着走着就找不见了，路把我们丢了，我们也把路丢了。在这么坚硬的地方，一辆不载货物的皮卡车走过能留下痕迹已属不易。人们却要在很长时间之后，忘了风的肆虐，要找回自己走过的原路，这可真有点不可思议。

我们一路沿着旧迹在走，一会儿旧迹就断了。胡国生下车去看，我也下车，凭感觉向相反的方向找着。从西边角上一路南下，我手里拿着胡国生的手机看奥维互动地图，不时地喊左左、右右。

我们将来作业的西边有茂盛的草类，旁边的一条河里长满了灌木，秋草已呈黄色，比我们撒播的地方长得高了许多。我们看到了一只鹿，它独自在草原上吃草，无视我们的到来。

胡国生说，这草原上啥东西都不能打，犯法呢。我心想，我们的人一天开车撒播12个小时，回来累得连话都不想说了，哪还有精神和心情去捕猎。再说，我们在草原上干活多年，这一点还是知道的。我轻轻嗯了一声，心里暗暗明白，甲乙双方的斗智斗勇正在悄悄拉开序幕，而这位胡国生，正是导火索。

测量终点在我们的帐篷后面，快到达时，我眼睛看着地图，嘴里喊着向左向左。胡国生却喊着让郑飞开的车，盯着一个桩子走。我说出线了，向左向左。谁知那郑飞一点儿都不听我的，径直把车开到了那个桩子跟前停下。

我对胡国生说，错了，地图的定位还得向左，这个桩子的定位是错的。因为沿着这个桩子，我们的撒播就超出线去了，不但要白干那么多，而且草籽也浪费了。最最要命的是，私自进入合同以外的领域作业，验收就会有麻烦。

胡国生让我不要再说了，我突然就来气。事情还没有搞清楚之前怎么不让我说清楚呢？更何况让我们的施工队多干那么多活，谁来负责？

我和胡国生拿着奥维互动地图走到箭头所指的地方，竟然超出去了 30 米，我惊讶了。

那天在东边就超出去了 30 米，今天怎么又是 30 米？胡国生说那是我们的人定的位。那个位置已经撒播完了，是真真地白做了。

而今天，胡国生突然拿出了"尚方宝剑"，说那天梁总来看了，也说是这个位置，他让我不要再说了。

我严肃地对他说，那就你们的梁总也错了，地图应该放到最大定位才准确。

胡国生嘟嘟囔囔地说，就这么着吧，你再不要说了，一切等梁总来了再说。

我一听急了，大声说，梁总猴年马月才来。错播的工时谁算？你能做主吗？

我们囔着走进帐篷。梁爷问缘由，胡国生不让我说，我觉得真是可笑。这么大的错误能瞒过人吗？我就大声讲给梁爷听，梁爷听出了端倪，走出帐篷让打开地图。胡国生恶狠狠地对我说，你不要再说了，好吗？我们梁总都说这个位置是对的。

别拉出你们的总来以错压对，如果真是那样，我再说一遍，你们的总也错了，懂吗？那他们得给我承担合同以外的工时，否则，我立即停工。我有点愤怒了。

梁爷对我说，你说得对，那得白撒多少草籽啊。

胡国生立马被止住了，我也不再囔了。梁爷叫上胡国生和郑飞去了他们的帐篷。回来之后，胡国生已换了笑脸，对我吴总长吴总短开起玩笑来。

打电话要走 80 多公里

　　所有的车辆都出现了问题，本来跑 6 个来回的，结果跑了 5 个。曹明的车每天坏，每天修。李斌说，曹明都修急了。这几天的作业区域坑坑洼洼，5 辆东风 404 好像在搓板上行走。深沟多，但必须要撒下草籽，伟大的机手们都是勇士，而他们的座骑都是猛兽，404 翻沟跃坡本是好手，无论下沟上坡，都骁勇无比。

　　夕阳西下，我们都站在帐篷后面看远滩上的作业车。梁爷说，时候不早了，看来是第 6 趟跑不下来了。去，叫一下吧，让早点回来吃饭休息。郑飞便开皮卡车去叫，我也坐上去看看车辆修得怎么样了。

　　机手们还在修车，巨大的空旷无限地走远。人心如焚，可雪山淡定，草原上的小草却在金光里自由婆娑。

　　周浩走过来对我说，今天晚上我们开车去山外打个电话吧。

　　行啊。我说，那就赶快收拾，早点吃过了就去打电话。

　　打电话的地方要走 80 多公里呢，来回需要三四个小时。有人还在摸索着车子，大家喊，快走啊，吃罢了给家里打电话去。王延云还在琢磨他的车，有人喊他，呔，快走啊，吃罢了打电话去呢。他半天了才起来向我们走来，一边走，还一边回头看着他的爱车，像是极不放心。

我们施工的地方在阿克塞县的哈尔腾草原上，离城300多公里，这里没有信号。

5个机手和邹琴子坐车去山外打电话了。天已经黑了下来，我们站在门口看他们走远，抬手看了看手表，时间是晚上8：40，等他们回来，最快也到11点多了。没去打电话的人把帐篷门帘用铁丝拧上，以防野生动物闻到肉味钻进帐篷。铁丝拧好后还不放心，又搬过液化气瓶挡住。还有条缝儿，又抬过一个大水桶堵住，人便不再出门了。

我和邹琴子住一个帐篷，她不在，我一个人特别害怕。哈尔腾的夜太黑了，黑得让你窒息，像深深的黑崖齐齐立在面前。

我不住地看时间，不停地胡思乱想。11点了，他们还没有回来。我静静地听外面风的吼叫，听着听着就迷迷糊糊睡着了。不知过了多久，我被邹琴子嚷嚷着吵醒了。

他们回来了，已是凌晨一点。

怎么这么迟？我问。

她说，真倒霉，我晕车了，半路上吐了一顿，肠子都要吐出来了，耽误了时间。说着，她哎哟哎哟地上床睡觉。

我问，家里都好吗？

基本都好。她说，王延云的媳妇不在饭馆上班了，说是吃饭的人太多，忙不过来，老板还不给加工资，就辞了。她又说，最年轻的周浩给媳妇打电话，打了几遍都打不通。给爹妈的倒是打通了，在乡里收大麦呢，收了卖掉才能回城带孙子，可是大麦又跌价了，等着再涨呢。周浩回来的路上还给媳妇打电话，还是不通，好像关机了。

真为周浩遗憾啊，好不容易出去一趟，80公里打一个电话，结果还没打通。我说。

她说，是啊，80公里去打一个电话，容易吗？如果老板再不允许出山打电话的话，工期还是五十天呢。

不和你说话了，邹琴子说，我心里还难过得翻江呢。

我说，快睡吧，睡着就好了。

雪虎在帐篷外猛烈地叫着，好像还有其他狗声。一定是另外的那三只。

自从雪虎被我们收养以后，它就有了自己的家。有了自己的家，就有了自己的领地。没想到今天下午突然又出现了三只狗，齐刷刷地向雪虎狂叫。雪虎毫不示弱，把自己的家园护得死死的没有一点缝隙。那三只狗就盘旋在远处，学雪虎当初靠近我们的策略。

距离发生一切，但没有距离也会发生一切。等靠近了，它们就对人不停地摇着尾巴，这是人与狗沟通的暗语。

那只小狗慢慢走近雪虎，不停地看着它摇尾巴，雪虎也不叫了，只是站在原地，用鼻子嗅着，偶尔也摇一下尾巴。

黄蹄子的黑狗荣幸地被留下了，依在雪虎附近，一看见有动静就跟着雪虎跑场子，然后再远远地趴在那里，随时跟着雪虎出动。

而此时，它们都叫了起来。

我仔细听了一下，原来是机手们在帐篷外面搭伴解手。

有人说，这风刮的，一泡尿都尿不端正。

有人说，哈尔腾草原，狗日的，我们还不如一粒草籽值钱。

雪虎留下了炭豹

黄蹄子的黑狗嘴尖脸长，其他地方炭黑炭黑，黑得发亮，有狼的长相，我给它起名叫炭豹。希望它凶起来像豹子一样。它已归属了我们，但总没有雪虎那样讨人喜欢。有一次吃食，它和雪虎打了起来，显然是雪虎小气，不让炭豹吃。炭豹便凶相毕露，最终雪虎走开，炭豹占了上风。

动物之间微妙的关系也有一种君子之道，谁占上风只需要一次征服，便成了王。而败者甘拜下风，只能远远走开。

那天下午，我发现炭豹与雪虎耳鬓厮磨。直到夕阳西下，它们终于交媾到一起，我才知道，它们是一雄一雌，是相互爱慕的一对儿。也或者是雪虎以身相许，留下了自己的完整帝国，从此，功不可没。

抢食的时候狗不认情，谁抢到就是谁的，它们没有义养意识，尤其是公狗，一生都不可能知道义养是什么。母狗还可能知道喂养孩子，但也仅仅是哺乳期，对于大了的孩子它们也不让步，更不要说别的狗了。

雪虎抢不过炭豹，只好乖乖地走开，心甘情愿地服输认怂。炭豹便耀武扬威地吃了起来，仿佛那是它打下的天下，把我们也不放在眼里。而我们偏心雪虎，为雪虎打抱不平。雪虎先来到这里，与我们产生了感情，为我们尽过职责。比如，主动跑到作业现场为我们看守草籽；跟着作业队去山根，一个早晨都在那里看守东西，直到中午下班，它又跟着回来；如果没有雪虎，我们也不知道这里的夜晚有多大的动静；而且，也因为是雪虎的同意，炭豹才被留下。现在，炭豹却要忘恩负义，要吃独食，我们怎能无动于衷？我们呵斥炭豹不让前来，它就远远地走开，睡在了一边。而雪虎也不过来吃，知趣地睡在原地，头也不抬。过了几个钟头，我端起食盆，叫着雪虎的名字向它走去，雪虎才翻起身迎了上来，它一直摇着尾巴把盆里的食物吃完，炭豹也没敢前来，只是不停地走来走去，带着一副狼的凶相。

梁总一行6人，送来了一大车草籽。刚好赶上，要不就要停工了。

吸取上次的教训，卸种子的时候是按分布点卸。根据撒播的线路一直卸到山根，一段距离一堆，再一段距离再卸一堆。

为此梁爷曾多次与我交谈，让我们再上一辆货车，我想了又想实在太远，从山丹往这里送一辆车来简直是痴人梦话，更何况我们还没有皮卡车，也没有司机。

梁爷说，再雇辆车吧。

我说，那相当于一辆撒播车的费用，如果时间一拖的话，这个工程我们就赔了。

梁爷总是心肠慈悲，一听这情况再没有让我调车。只是不停地说我们少来了一个人，少来了一辆车。

我说，实在没办法，太远了。你们的车，把我们的油加上跑着，可以吗？

梁爷说，行。

从此再没有人撺掇让我们调车了，后勤车就用甲方的皮卡车，但说好柴油由我们供应。

大货车一路卸货，我拍照片。影像资料非常重要，这是以后备案用的资质证明，也是发标单位收集和留存的重要依据，在施工的同时，我们也有及时取证影像资料的责任。

其间，胡国生主动向梁总请教有关定位的问题，梁总一看就明白我是对的，让胡国生照着我说的做。胡国生看上去有点失望，但也不敢说啥，只是点头称是。

梁爷跟着儿子回去了，他的高原反应特别厉害，饭量减了不少，人也瘦了许多。临走时我们真有点舍不得他，他一走，这里就少一个压阵的人。

哈尔腾草原

  哈尔腾草原浩瀚无边，两边雪山相夹，像一条长廊，廊内一河，与草原并行。我们第一次扎帐篷的地方是大哈尔腾山正北的大哈尔腾草原。羊都转到夏牧场去了，这里是秋牧场，再过二十几天羊群就回来了，那时草原上就会热闹起来。
  秋天草原上的风尖利得无法形容，草刮黄了，土刮干了，我们撒下的种子会发芽吗？我一次一次在草原上散步，低着头看撒下的种子，它们已妥帖地被安置在地上，万事俱备只欠东风。好好下几场雪吧，给它们水分，明年春天它们会生根发芽。想到这里，我的眼前立马就出现了一片绿色的草原，无边无际，向远处延伸出浩瀚的绿色。然而，我站在草地上看得越久，一粒粒种子就越像一个个石头，它们失语在永无休止的风里，对接不上美好的命运。
  哈尔腾草原上的牧草主要是穗穗草。穗穗草又被牧人叫作烫发头，生长的时候像针一样直立向上，秋天一到，它们就蜷缩起来，然后一堆一堆落在地上，等羊来了吃。另外是马莲，也是一丛一丛地长，像细叶韭菜。马莲绿的时候羊吃不动,干了羊才吃它,营养极好。

牧羊人说的蒿子和苜蓿比沙柴多,灰色的叶子纵向生长,它们直不起腰来,是因为它们长不起身,故而无腰。郑飞说蒿子味香,他拔一根别在胸前,但我觉得那味太浓,闻多了会感到恶心。

刚开始我把苜蓿认作黄芪,挖了几根,味略苦,根系特别发达,不亚于沙柴。在我们拉水的河边,苜蓿开着紫色的花朵,在草丛里谦虚地飘摇。沙柴是贫农,走不出草原,满足生长的三要素便可顽强地活着。它不忌风,不忌雨,不忌贫瘠的土壤。它可以长成草原上最娇美的新娘,也可以长成秋风里最顽强的战士。冰草长在土厚的地方,灰不溜丢的样子像流落他乡的移民,但它们根系十分发达,属于落地生根、生命力极度顽强的乡民。

还有一种灌木,生长在河坝里,显得非常招摇而霸气。河坝有多宽,它就挤到多宽,完全是涨破河坝的样子。有人说那是野刺,在哈尔腾只生长在河里。

牧羊人说,以前这里草有一尺多高,紫色的苜蓿花儿开得铃铛儿一样,羊群吃草的时候往往被深埋其中。他们还说,现在的雪山雪少了,河水藏不住河底,草地干得冒烟,原有的草都长不高了,你们种的草还能长成吗?又说,你们种下明年还来看吗?

10万亩地,投资几百万元,我们50天的汗水,不会白流,我们一定会来的。我暗暗下定了决心。

哈尔腾草原属漏沙型土壤,盛不住水。我们种的星星草、老芒麦、披肩草,见水就会安家立命,在适宜的条件下会生长,泛滥,甚至成灾。因为它们耐寒、耐旱、耐盐碱,在高原湿地,它们是强者。一旦有水,它们就像强盗,要想消灭它们,反而成了难事。哈尔腾两边的雪山有无数血管一样的支流,可它们经过草原,汇合到石头河里却径自流走,湿润不了草原。我有时也想,如果将这几百万元用以建设水利,或许这里的一切会有极大的改变。然而，一切都是自己的想象。也只有想象来安慰一下自己，希望撒进大地的种子，有朝一日能够绿遍天涯。

然而，大家仍然疑惑着，能种出来吗？

无人回答。

谁知道呢，只有时间才能给予我们真正的答案。

远方的梦

　　距我们10里之外有股清泉，我和胡国生、郑飞去那里拉水。邹琴子一个人在大帐篷里睡觉，雪虎大胆地走进了帐篷，不住地闻她的脚。她惊醒后，吓得猛出了一声，立马赶出了雪虎，骂它胆子越来越大了。看样子吓得不轻，她对我们说了又说，我们都听烦了，她还在唠叨。

　　这是雪虎第一次走进帐篷，也许是太饿了，帐篷里有食物，但没有它吃的。我们都惯着雪虎，它虽然进了帐篷，但没有吃东西，只是嗅着主人的脚。这件事引起了大家的注意，尽管雪虎与我们已经很熟，可毕竟不是从小养大的家犬。在假象背后，从它和同伴见了陌生人只咬不扑以及见了原来的主人很害怕的样子来看，它并不像纯粹的家狗，也不完全像野狗。我始终认为，它们毕竟是狗，除了雪虎，其他的都长着阴险的嘴脸，和狼一样，一旦激发了它们的本性，它们绝对不亚于狼的凶残。

　　晚上下工回来，李斌说，他们撒到山根子的时候，远远地看到三只狼沿着山跑。

　　我惊诧地问，真的吗？

周浩说，是真的。那里的羊房子没人，周围有牛和驴的骨头，肯定是狼吃下的。

我问，哪里的牛和驴？

周浩说，都是野的。

李斌开始给媳妇交代，你白天一个人的时候要小心些，帐篷的门大开着，狗敢进来，说明其他动物也敢进来。

邹琴子点了点头，没有说话。我想起牧羊人说过的话，这山里还有狗熊，心里也害怕起来。如果狗熊真来了，我们根本不是对手，也没有足够的经验和胆量来打发它走开。

晚上，我和邹琴子一边洗脸洗脚，一边聊着狼和狗熊的话题，越聊越害怕，就胡乱设想起防范的方法来。我说，野兽都怕火，万一来了，就把衣服点着。

邹琴子哈哈大笑，说，衣服烧完了呢？

我一听，脑海里立马出现了一个可怕又可笑的画面，也随之大笑了起来。

我是老板，之所以留下来这么久，也是因为担心白天帐篷里只有邹琴子一个人，而她又不知者无惧的样子，对她来说，什么都是不可能的。她太大意了。只有梁爷是这个施工队里最小心的人，梁爷因为经历的事多，同时也了解这个地方。

在美丽的草原上，有一个女子外出办事遇到了群狼，狼把她逼到了一片水里。她身上只有一盒火柴，就在她的火柴快擦完时，她的胆量和耐心都到了崩溃的边缘。这时候一个骑马的男子飞奔而来，手里拿着火把，赶走了狼群。这是我记不起名字的一部电影里的情景。多么感人的英雄救美。电影让人充满希望，而在我们施工的地方，有狼群出没，可骑马的男子在哪里呢？我不由得心寒起来。这苍茫的雪域草原，我是一只被骗来的羔羊。我常常有脆弱的感情，但却表现得像大山一样淡定和从容。我要给所有人做表率，让他们安心，尽快完成这远方的梦，提着充满诱惑的一桶金，然后回那个喧闹而薄情的人世，在集体的孤独里，继续追求繁华与梦想。

我对邹琴子说，有必要给每辆车做一个火把，随车带上，到山根的时候，以防万一。

她没有说话，好像是睡着了。

搬　　家

　　奥威互动地图上的第一个撒播板块只剩最后的边角了，预计一个早晨的时间就可以撒完。我和胡国生站在帐篷前，一边商议下午的安排，一边看作业车队。他刚刚与梁总通了电话，意思是撒完就抓紧搬家，不要拖延时间。我们合计，搬家之前先去看一下剩余的撒播板块，和即将送来的两车种子的卸货分布点。

　　这几天，撒播距离越来越短了，撒播车辆不到半小时就回过头来。看着撒播车队不远处的旗子下睡着一只黑狗，让人温暖，却又觉得寒凉。那是一只小狗，从来不敢走近我们，几天来一直跟着大狗在我们四周徘徊，却从没吃过我们的一口东西。

　　这几天断断续续共来了5只狗，可敢上前来吃食的只有雪虎、炭豹和五只狗中最强大的那只，我们把它叫作狗王。另外的两只好像是母子，无论我们怎么给吃的，不是雪虎几个护着不让，就是那对母子不敢前来。我们为那只小狗着急。看着它远远地睡在风中的旗子下，我的内心有所触动。弱者守着规则，却没有饭吃，只能靠意志来支撑着，什么时候比强者更加强大呢!

午饭后稍作休息，胡国生便喊着装煤。送第一趟的同时，要去看搬家的地方，同时还要去看看下一撒播板块，以及如何卸种子。因为两个山头独立且高，怕车上不去。实在不行，就等9号老总来了再做决定。

车上坐了胡国生、王延云、曹明和我，我们沿着地图翻山越岭，一直走到大山根部，没有看见一个人影。胡国生和郑飞早几天前就沿着线路插好了项目部的旗子，路上有皮卡车留下的深深的车辙，这是将来撒播的边线，过西不撒。

路况复杂，有的地方纯粹石头，走着走着就找不到车辙了，只能看着前面的旗子走。跌跌撞撞，郑飞的车开得有点快，我们不时喊着慢点。

皮卡车是四驱，郑飞说那两个山都能上得去，他说完就加大油门直线上冲。我们只看到山顶，看不到顶上的路。幸亏山顶是平坦而宽大的，没有沟沟坎坎，否则后果不堪设想。我们几个人都捏着一把汗，不住地叫喊，到最后实在不敢坐了，就下来走着上山。

到了最高的山顶，我们已经和雪山可以比肩了，只是隔着距离。山顶是一个偌大的场地，向南的一面有长长的斜坡，到时候四轮子可以从这里上下。但其他三个方向的山崖都很陡，车到不了，看来只能放弃撒播了。

真不知道做这个地图的人是怎么想的，像这样高危的地形在山丹是不做进去的，因为安全大于生产。但如果不撒下草籽，将来验收会怎么决定？

下山的时候，郑飞也没有看路线，而是直接从山的另一面往下走，眼看就要到悬崖边了，车上人大惊，齐声大喊"停——"。我们几个吓得再也不敢坐了，只好沿着斜坡徒步下山。郑飞却换了一个平缓些的路线把车开下了山去。

胡国生说，现在的年轻人咋都是勺头，多险的路都敢飙车。我们的命又不是狗球。胡国生第一次说这样的粗话。

　　回来的路上看到两只鹰，远远地蹲在那里。曹明先看到的，说是狼，所有人都没怎么害怕，因为离得远，而且我们人多，又在车上。越走越近，鹰飞起来跟了上来，鹰竟然比狼还可怕。我们赶快把车窗打了起来。鹰跟了我们不远，我们又发现了更多的鹰，像是在开会，它们在一个向阳的山坡下聚集着。

　　好像那是鹰窝，我说。

　　不知道啊，看上去有几百只吧。有人说，快走，别惹它们。

　　跟我们的两只鹰落到鹰群里去了，几乎在同一时刻，又一只鹰飞起来跟上了我们，它不偏不斜，对着我们的方向急速地飞行。鹰追出了好几里地，我们被追得有点心虚，它究竟想干什么？为什么紧追着我们不放？正议论着，鹰又飞回去了。大家都松了口气。

　　我对郑飞说，以后开车再不要那么莽撞了，在看不清前面的路线之前，绝对不要往前走。

　　他却说，刚才那山能下去的，是你们胆子小了。

　　我们听着毛骨悚然，对年轻人的胆大摇头无语。

　　回到驻地继续搬家，胡国生和郑飞的帐篷先搬走了，我们的东西多，来不及搬，只能等明天。临走的时候郑飞叫上了雪虎，他把车开得很慢，拿一个馕饼一路招引，雪虎一路摇着尾巴跟着车走了。

　　晚饭的时候我让邹琴子给炭豹一点饭吃，她揶揄着我，却给舀了一大碗饭。

第二次去打电话

6点起床，邹琴子到大帐篷做早餐去了。我开始收拾行李。搬家是把完整的生活打碎了拿走，然后再重新整理被打碎的生活，当一切都整理好了又叫作新家，新家真的能给人新的一切吗？这是件最令人头疼的事情。

行李整理好时，我却不想搬了，我想回家去，我想家了。然而甲方说什么都不会让我走的，我心里明白。我只是在一瞬间突然冒出了这个想法，然后便又投入到了搬家的事务之中，以忙碌和辛苦冲淡回家的渴望，以一个女人的宽宏成全世俗的偏见。

8点多时，全部已整理好，只剩转移东西了。皮卡车一趟一趟地跑，我的心又开始忐忑起来，新的环境不知会带给我们怎样的回报。

到了新的驻地，远远就看见雪虎与那只狗王睡在地上，我叫了一声，"雪虎——"。雪虎便飞跑过来，又摇头，又摆尾，像个久别重逢的孩子，围着我又蹭又撞。炭豹没有跟来，我拿饼子招引它时，它只跑了几步就停下了。直到下午，队友们去老驻地打扫卫生的时候，它才跟来，抢着吃了一点东西。

搬到新家的开锅饭是红烧肉，下午1点才吃罢，因为事先说好的，下午放假，集体去建设乡给家里打电话。

机手们没有休息，拉水回来又坐在太阳底下打起了麻将，这是他们唯一的娱乐，每天晚饭后都玩，乐此不疲。他们打渴了就杀一个西瓜吃，之后接着再打，打到晚上10点半时，会不约而同地收桌，然后一起出去撒尿，大哗小讲，说着赢了输了的快乐不甘。

快到下午4点了，他们还不起身，我催促他们赶快去打电话，因为路途遥远，来回需要3个多小时。他们慢慢腾腾起身，却利利索索上了面包车，车由周浩开着，我们一行7人去了建设乡。

到了建设乡已是下午5点多，电信没有信号，只能等移动的手机打完了，再往前走20公里电信才能打。又说不管谁的手机，只要是移动的就换着打吧，再不走了。可是移动的打完电话后却翻起了微信朋友圈，并不时地说着微信圈里的新闻，就是不肯第一时间给拿电信手机的队友。一直翻到不好意思了，才把手机递过去。

我先回复了几个紧急电话，接着又给老板汇报工作，我请求他向梁总申请，让我回家一趟。刚才电话里有几个重要的事情催着让我回去，如果再不回的话，事情可能有所变化。

一会儿老板回过来电话，说梁总不但不让我回去，而且还要求让我们再上一个人来。

我听着一时语塞。我们干的是包工活，只要按时把活干好干完就是了，何必要增大费用？

不知道我们的老板和梁总怎么交涉了，我们挨个儿打完电话就急急忙忙往回赶。返回的路上，大家相互寒暄起了家里的情况。

曹国文的妈妈白内障手术后，又中风了，还在医院躺着，不能说话。

王延云的老婆去了永昌给挖洋芋的人做饭，一天120元的工资，家里却没人做饭了，上高中的女儿自己做饭呢。

周浩的爹妈还没从乡里回来，大麦卖不掉，他们回不来。

我来哈尔腾这么久了，只给母亲打通过一次电话，她老人家带着小孙女又到了出租屋里，除了眼睛的飞蚊症，再就是高血压很令人担心。今天给她打电话又没有打通，我的心里惴惴不安。

回到帐篷已快9点钟了，胡国生坐在帐篷前焦急地等着我们，一见我们回来就大声嚷道，怎么才回来？再不回来我要给梁总打卫星电话了。

我说，七八个人呢，打完电话得一会儿，走到半路也不会遇到什么危险的。好不容易出去一回，总要把该说的话说完吧。

胡国生嘟嘟囔囔进了帐篷。

一 桶 油

种子只够撒播一天了。新的撒播领域在帐篷外70公里处，因为是新的领域，我也得去看看施工情况。

早晨6点半出工，雪虎带着伙伴也一路跟来，它最喜欢跟着车队出工，像个勇敢的战士。

晨风向西，撒播的种子随风飘扬，一辆车本来的播距为5米，一边扇形辐射2.5米，风一刮再多飞出0.5米，下风就是3米。可胡国生非要让周浩的车轧着边线走，这样，就向外多撒出去了3米左右，超出作业范围，不但费工，而且还浪费了太多种子。我不知道胡国生为什么要那么做。当我提醒向规定区域内撒时，他不高兴地说，就这么撒。随他吧，为这点小事何必劳神？只要他不心疼种子，那我就不心疼柴油和工时。

我坐着皮卡车到对面的终点处摄取作业影像资料，回头看时，晨辉里的车阵像集体吼叫的狮子，撒出去的种子在晨曦里欢快地飞舞，于5辆车之间形成无数不规则的造型，煞是好看。雪虎和炭豹带着另外一个伙伴跟着车队在飞跑，远远地望去，5头狮子的旁边还飞奔着3匹战马，它们像是比拼着战斗的实力，一个都不落后。

多么美好的早晨，这就是我的哈尔腾之梦吗？不，我的哈尔腾之梦不仅仅是这些。它应该密布在我的血管里，散布在生活的每个缝隙里，像雪山一样纯粹、神圣。

我的拍照工作完成了，接下来要去写日志。正好郑飞要回帐篷取东西，就把我送到了驻地。进了帐篷，邹琴子在蒸包子，热腾腾的白菜肉包子好吃极了。虽然中午的帐篷里热得像蒸笼一样，但我还是坐下来吃了两个包子。公路上从东面过来一辆车，到我们门前的路口慢了下来，我便走出帐篷去看。只见 2 辆皮卡车停在路口处，胡国生和那辆车上走下的人在说话，说了一会儿那车走了，胡国生和郑飞才把车开过来。

我问胡国生，那是干什么的？

胡国生说，要种子的。

我问，要种子干什么去？

胡国生说，他们自己的羊房子周围种。

我问，要多少？

胡国生说，一袋子。

我问，给了吗？

胡国生说，没有。

我说，给上一袋啊，牧民自己种，多好啊。

胡国生说，绝对不能给，梁总交代过。

我说，你给一袋，我出钱。

胡国生说，不行，种子绝对不能乱给。

我无语了，同时也感到了某种失败所带来的羞辱。那么多种子都重复撒播，或撒到线外去了，老百姓要一点却舍不得，真不是个好东西。我只能在心里偷偷骂他几句。

胡国生说着，又坐车要走。我问干什么去？

他说施工的路边扔下了四袋种子，怕那辆皮卡车车过去给偷走了，他得去看看。

一会儿胡国生又回来了。

我问，种子被偷了没有？

他说没有，添加到作业车仓里了。

下午盘点的时候突然发现少了一桶柴油。我想，可能是昨天去建设乡打电话的时候，胡国生和郑飞加到皮卡车车上了。我们的5辆作业车都是同时加油，每辆车加一桶，加一次会多出五个空桶来。昨天刚加过，今天却又多出了一个空桶来，怎么回事？

下午胡国生回来，我问他是不是加了一桶油，他一口否认。胡国生的一再否认让我有点生气。不就是一桶油，至于耍赖吗？由他去吧，不过几百块钱的一桶油，就当是重新认识了胡国生这个人吧。当一个人的存在意义只值一桶油的时候，我想，他的做人也就是一滴油的价值而已了。

种子断货了，明后两天要停工休息，胡国生早就计划好去阿克塞买柴油。我不想去，因为路太远了，坐车太辛苦。何况又是因为油，大家都心照不宣，我不愿把脸皮彻底撕破了，毕竟还要继续合作。

雨点砸着帐篷

胡国生早早起来就开发电机,把大家都吵醒了。他们帐篷里的铺盖太薄,都是化纤和机器棉,没有家里缝得暖和。所以他每天早上5:30准时起来开发电机,一来是用电暖气加热,二来也是叫工友们起床。

8点时王延云和周浩才洗漱妥当,胡国生和郑飞已经等了好大一会儿,奇怪的是胡国生对我们的两位队长很有耐心,变了个人似的。

他们风一样去阿克塞之后,我们5个人在各自的帐篷里睡觉。我坐在床上看《百年敦煌》,这是唯一一本带在身边,且和这片土地有关的书。

李斌、曹国文、曹明3个人睡了一会儿起来掀牛九,邹琴子起来做午饭。我过去倒开水的时候看见,他们在炉子里烧着土豆,曹明的手机放着《小苹果》的歌曲,旁边的女人做着饭,掀牛九输了还喝着小酒。

我说,真好啊,你们竟然能把野外的生活过成这样!

他们会心地笑着。邹琴子呵呵呵地说,怎么样,还不错吧?我们这些人走到哪里都是这样,欢乐得很。

多么滋润的生活！我打心底里羡慕他们，也跟着分享他们的欢乐。

午饭后我在帐篷外面洗衣服，三个男人在不远处转悠。曹国文对我说，"总纂风"听说你这弟媳妇要洗衣服，把自己的脏衣服泡在盆里去阿克塞了，你可记得给洗了呀。

他诡诈地笑着，李斌和曹明也跟着诡诈地笑。

他说的"总纂风"是王延云，我的大伯子，"总纂风"是曹国文给起的绰号。

他还给李斌起了"二纂风"，给他的哥曹明起了"三纂风"，给副队长周浩起了"小纂风"。给他自己封了"大王"，又声明是"总纂风"的岳父，因为"总纂风"的岳父与他同名，也叫曹国文。我在一次玩笑时比着侄儿侄女叫了他一声曹外爷，从此，他便声明自己还是"外爷"了。"总纂风"不服，把他叫成山大王孙猴子，简称猴大王。他们常常拿这样的名字相互调侃，让人啼笑皆非。

我看了看"总纂风"泡下的那盆衣服，又厚又脏啊，怎么用手洗？"总纂风"的衣服根本就不是手洗的，这不是考验我吗？都多少年没用手洗过衣服了，刚才自己的单衣都随便乱洗呢。早想好了如果在哈尔腾穿过了洗不干净，回去扔了算了。

谁知哈尔腾大河里流下来的雪水洗衣服特别干净，挂在那里红的红，白的白，十分鲜艳。我和邹琴子的彩色内衣都不敢晒到男人们回来，太显眼了，春花儿一样，男人们快回来的时候，我俩早早就收拾到帐篷里晾着去了。

都说哈尔腾河的水是甜水，不含盐碱，所以洗衣服特别干净。因此断定，哈尔腾草原上的羊肉也是甜的，虽然也香，但不像我们山丹的羊肉，香，但味儿却大。

我以为曹外爷开玩笑呢，他也知道我不是洗衣服的料，于是我对他说，天阴了，我的腰病犯了，又酸又疼，坐在外面这么冷，还是留着他自己回来了洗吧。

曹外爷却说，那明明是留给你这弟媳妇洗的，人家回来天都黑了，咋洗呢。我一听也是，又一想明天种子也还不来，干不成活，于是就说，那他明天洗去。

曹外爷说，真替"总纂风"心里难过，好不容易等弟媳妇洗一回衣服，结果弟媳妇又不给洗了。

我再没有说话，心想，就不洗，那不是挑战我吗，洗了也是你们的笑话！

洗完衣服我回帐篷睡午觉，由于天阴，帐篷里不冷不热，很是舒服。邹琴子睡得翻身一觉，转身一梦的。睡到四五点钟，起来出去了。

我继续看《百年敦煌》，惊叹雒青之提倡的正确看待王道士、斯坦因、伯希和的功与过，并建议王道士的家乡陕西省应该给王道士建纪念塔，以还原世道人心。王道士作为一个小人物，尚且知道修建和保护敦煌文物，而当时的官员却在王道士三番五次请求保护时，不但不管，反而还贪赃舞弊，最终使所有赃物反而流落到了人间。

以前没有系统地看过敦煌文化，这次到了敦煌之南，又是在广袤的荒原地带，以读《百年敦煌》度过与世隔绝的日子，真是一种天意。

看到精彩处，便不由得叹息世事无常，抬头看门外，雪山依然巍立，据说雪线在慢慢上移，但巍峨的魅力与意义始终未变。于是，吾心稍安，便起身去大帐篷倒杯开水再来读书。

只见邹琴子在洗衣服，不但洗了丈夫的几件，而且还打算也洗"总纂风"的。我有点不好意思，问她，我该帮你吗？她说不用，两件衣服几下就揉掉了。说着，她丈夫李斌叫她坐拉水的车去河里漂洗，邹琴子就跟着去了。

一会儿他们回来，我走出帐篷帮她晾衣服，发现"总纂风"的裤裆开了个大窟窿，没忍住便叫起来，你们非让女人洗呢，看吧，现在曝光了。

曹国文说，"总纂风"的外胆早几天前就崩烂了，我们都知道，今天你给缝一下。

哼！这曹国文可真是没完没了，抓住一头就不放，还想捉弄人。反正我没带针线，让邹琴子缝去吧。

去阿克塞的人回来了，看到邹琴子做针线，胡国生也要让邹琴子帮他缝一下钱包。邹琴子答应了。我突然想起大伯子崩烂的裤裆，对邹琴子说，你把"总纂风"的外胆也补一下吧，反正你不补，这里也再没人会补。突然，全帐篷的人哄然大笑，曹国文笑得躺倒床上抱着肚子，李斌笑得跑出了帐篷，刚从阿克塞回来的"总纂风"也笑得彩云满天，不好意思地出了帐篷。

我不懂他们为何笑成那样，觉得有些夸张，倒觉得他们可笑，但还是难堪。邹琴子显得若无其事，对我说，不要理睬，那些男人也是闲得无聊，补裤裆的人都无所谓，说裤裆的人倒不好意思了。我的眼睛有点潮湿，转过身，慢吞吞地走出了帐篷。

天阴了，外面时而滴答几滴雨，时而又静悄悄的。公路上又过来了两辆皮卡车，停在我们前面的公路上就开始叫狗。我以为是想抓一只回去养的，有点急了，就叫上李斌和曹国文、曹明三个前去阻止。他们一共三人，已经把狗王用绳子拴了起来。而那只凶到无人、也无狗敢近的狗王，却乖顺得像个孩子，跟着那几个人撒娇般地向我们走来。

牵狗的那人说，我的狗你们怎么养上了。

曹明悄悄说，狗的主人找上门来了。

狗的主人？这些狗，还有主人吗？我悄悄说道。

那几个人走到了我们跟前，问，你们是干什么的？

种草的。请问你们是什么人？我问。

我们是前面羊房子上的，今天专门找狗来了。牵着狗王的人说。

我不信，怕是诈一只狗去养的。于是就说，这些狗我们已经养了20

天了，怎么就是你们的狗呢？

那人呵呵一笑，说道，你看看，不是我的狗，怎么会这么听我的话呢。说着，他把手一绕，喊了一声，过来，狗王便欢实地向他跑了过去，又摇头又摆尾。

我没话说了，赶快走到雪虎跟前不知道该怎么办。而雪虎、炭豹、黑狗，见到了来人就跑到一边去了，远远地摇着尾巴走来走去。只有那只小狗周旋在狗王的周围，不停地摇着尾巴，不愿意离开，又不愿意跟着它走。

我说，是你们的狗你们怎么不管呢？

那人笑呵呵地说，我们搬家的时候把它们带到30公里处的羊房子上去了，谁知道它们不蹲，自己原跑到这里来了。

我说，我们还有一个月就走了，走的时候给你们留下可以吗？

那人"哦"了一声，说，一个月我们就搬回来了。那就烦劳你们把它们继续养着，到时候我们搬回来了，给你们买几条烟抽去。不过，这狗王我得带回去，它凶得很，防不住就伤人呢。

我们一听高兴极了，连连说，好好好，烟就不买了，我们养着它们就是了。

那人又牵着狗王走了，走到皮卡车车前，他像抱孩子一样把狗王抱到了车厢里，狗王温顺极了，乖乖地睡到车厢里，一点儿都不凶。

皮卡车走了，一直跟着狗王的小狗疯了似的，一会儿朝东疯跑，一会儿朝西疯跑，一直停不下来。我仿佛听到了它嚎叫的声音，绝望无助，孤单寂寞。我看着那只小狗，内心也突然蒙上了一层深深的孤独。

晚上又下起了小雨，噼噼啪啪把帐篷顶砸得爆响。那只小狗呢？今晚孤独而寒冷的它会在哪儿？

我的心里有股莫名的难过，久久不能入睡。

山 的 尽 头

甲方的种子仍然没有送到，又要放假一天。

我想，甲方公司应该为耽误工事而负责。不知道我们老板和他们是怎么协调的。

一个早上我都在帐篷里写日记。当我走出帐篷时，才发现晒在门口的一只鞋子被扔出很远。没有人会开这种玩笑，只见黑狗不安地看着我。肯定是它，我哭笑不得，捡回鞋又拿到帐篷后面去晒，却看到那只小狗盘旋在几十米外，不敢近前，也不肯离去。我赶快喊邹琴子，让她拿一个包子来。邹琴子假装没听见，我只好走进帐篷，自己拿了一个包子。那只小狗不肯过来，我走一步，它却后退几步，根本不认我手里的包子。我狠劲向它扔了过去，包子打烂了，它却跑远了。邹琴子他们看着我笑得前仰后合，说我果真是拿肉包子打狗呢。我自己也笑了。

我叫来了炭豹，炭豹一口吃掉了那个包子。奇怪的是小狗见炭豹吃了包子，它又旋着回来了。我赶快又到帐篷拿来一个，可它还是不敢前来。我将包子放在地上转身离开，小狗却竟自跑远了，再没有回来。

邹琴子倚在帐篷门口挖苦我，你是菩萨，那一盘包子都拿上喂狗去吧。

我有点不好意思，说，那小狗还是个孩子，怪可怜的。

邹琴子说，人家吃了吗？领你的情了吗？我无言以对。

吃过午饭，曹国文建议我们去东边看看，那儿有哈尔腾的夏季牧草。我说，正想着买一只羊犒劳大家呢，那就正好去买一只羊回来。于是我和曹国文、曹明、王延云、胡国生4人，开着车向东边的夏牧场而去，郑飞、周浩、李斌夫妇在帐篷里睡觉呢。

平日站在帐篷前看时，看到的所有山都是合拢到一起的，形成一个山梁，根本没有路。当我们翻过山梁，却发现还有山梁，我们的视野太小了。山在远处依然是山，延绵不尽，没有尽头，去路也同样没有尽头。

先是一种探秘的好奇心，其次才是买羊。放假了闲得慌，不想睡觉的人，都爱闲溜达，干活时哪有这份闲心。而事实上13号就是中秋节，我想买一只羊让大家好好吃一顿。不说劳动的辛苦，因为大家都是一个地方的人，应该在一起过一个温暖的节日，不要把悲凉与哀思留给这荒凉的高原。

车开到93公里的时候，曹明看到了南滩里有一大群羊，还看到了牧羊人从一个山坡上走下来了。

胡国生在车里等，我们4个人下车向羊群走去。

风吹荒滩，一切事物都和石头一样，包括牧羊人。从羊群后面向我们走过来一位老人，衣服口袋里装着两瓶水，用不同的饮料瓶装着。

他说他是阿克塞人，62岁，放羊放了20多年。他放的800多只羊全是公羊。800多只全是公羊？我惊奇地问。他接着又说，你家30只，他家50只凑起来的，一只羊100块工钱，每年的5月前后进草原，到11月10号左右，所有的羊就被主人统统拉走了，然后我就回阿克塞了。我才明白过来，所谓公羊，原来是指公共的羊。

我一算放牧时间大概半年左右，他放800只羊就能挣8万块钱，高收入呀。

他对我说，死一只羊要赔 1500 块钱，今年已经死掉 10 只了，都是病死的，狼倒还没吃一只。

我问，狼吃掉的羊也赔吗？

他说，赔，也是 1500 块钱。

我又问，这儿狼多吗？

他说，这个地方嘛，那东西就多得很。

我问，狼伤你不？你怕吗？

他说，狼都是吃羊的，人一吼就跑了。倒是人怕狗熊。

我问，真有狗熊？你见过吗？

他说，咋没见过，那东西不好打发。

我问，那你碰到狗熊怎么办？

他说，狗熊白天都在洞里睡觉，晚上才出来。羊房子的门收拾好就是了，那东西怕火，有火就可以吓跑它。

我又问，能给我们卖一只羊吗？

他说，不能，公羊是不能卖的。再说，这两天一只羊也就值 900 多块钱，我又不能卖你们 1500 块，若卖我就赔本了。你们再往前走 1 公里有 1 个羊房子，应该能够买到羊的，你们可以去看看。

走到 100 公里的时候，油路到了尽头，剩下的全是砂子路，不过比油路宽多了。荒滩缩小，以河为中轴的两岸缩小。山坡和荒滩上的草已枯黄，草原早就退出了一个季节的繁华，过早地显现出荒凉来。

风呼呼刮着，看不到一个人影，也没有羊群。向远处看，山又合拢在一起，又形成一道山梁，纵横无边。山的上空没有云，只有苍茫。这里好像一个临界之门，然而我们根本无力打开紧紧封闭的那把锁。山与山之间的罅隙里透射出来的只有苍茫和荒芜，那种苍茫和荒芜让人绝望。这儿比哈尔腾更荒凉，我突然脑洞大开，我的哈尔腾之梦应该在山的尽头，而不只到哈尔腾边缘。

100公里处的河里有工程队,听刚才的牧羊人说在修桥,这桥意义重大,建在石头河上,连通南北雪山。我们在河边看到了2个哈萨克的帐篷,宝蓝色,看上去很小,像女儿家的小闺房一样。其中一个的旁边拴着一条黄色长毛的藏獒,声音浑厚得震彻山谷。帐篷口有摩托车,像是里面有人,狗一直咬着,人却一直没有出来。另一个宝蓝色帐篷有点旧,孤零零搁在那儿像个呆子,旁边既没有藏獒,也没有摩托车。

　　我猜测着。第一个帐篷里住着的肯定是主人,因为一看就知道那狗是精心养着的。而第二个帐篷里住着的可能是雇来的牧羊人,帐篷显得有些冷清。哈尔腾放牧的大多数是雇来的,月工资基本都在6000块左右,一个羊房子就一个牧羊人,一年的放牧时间最少6个月。

　　返回到公路上,在93公里处碰到了一群羊,羊群很大。牧羊人是康乐县人,雇来的,一个月工资6000块,吃、喝、穿、药、暖、摩托、汽油全部由老板管着,一年下来净落72000块,比哪里打工都强。他说,他在敦煌打工一年才挣三四万块钱,这里虽然荒凉,但荒凉也有荒凉的好处。

　　我问他,荒凉的好处是什么?

　　他说,没有花钱的地方。

　　他的回答令我们出乎意料。

　　生命的意义就这么被他们积攒了起来?我们觉得亏,而他觉得划算。如果说他不在乎繁华的生活,那么,他包裹得严严实实把自己保护好,身边带着四只狗,拿着雨衣、望远镜,还有用白毡做的崭新的撩袍子,那么漂亮,都说明了什么?难道他做给山看?还是做给羊看?

　　他说他有两个老婆,一个在敦煌,离了。一个在康乐,生了一个女儿。他每年放羊回去就再不打工了,好好休息着,第二年了再来。

　　他为什么要说他有两个老婆?明明一个离了。尤其是胡国生,一路念叨着他有两个老婆,既羡慕又嫉妒的样子。而我却觉得,他说有两个老婆,却恰恰一个都没有。

　　最终没有买上羊,过几天去阿克塞买吧,反正得去买油。

雪　　山

梁爷又回来了。

梁爷押着一车种子，到加油站后面那个栏杆门时超高，卸掉了几层放到加油站上，车才过来。胡国生和郑飞开车去迎，说是迎上了一起去看卸货分布点，看合不合适。我就纳闷了，迎上来天都黑了，怎么看得清楚？那是10公里长的多个分布点，要多长时间才能看完？再说了，看也要带上我们的人呀，胡国生的小算盘太多，实在让人不好捉摸。

所有人都等着，没有睡觉，如果情况特殊，当晚就得卸种子。我征求了所有人的意见，如果货多，就到天亮了再卸。晚上太黑，不安全。只有王延云和周浩没有说话，其他人都同意明天卸。

果不其然，梁爷一下车就进了大帐篷，第一句就说，还得辛苦一下你们，卸一下货。我和邹琴子在小帐篷里听着心悬。半晌之后，只听曹明说，不行明天早晨卸吧，天黑了卸起来不安全。

梁爷迟疑了一下说，明天就明天吧，也确实黑得很了。说罢，他让站在一旁的郑飞拿个水壶和一个馕饼给货车司机送去了。这时我才知道拉种子的司机在10公里之外，晚上要睡车里了。

第二天早上邹琴子按时起来烧水、做早饭，队友们准备去卸货。我也早早做好准备，要去拍照取影像资料。

按照正常的上班时间，队友们6点半就赶到了卸货地点。那个大车司机还睡着，叫醒以后雄狮一般怒发冲冠。原来是酒泉的车，对我们好像对下人一样，恶声恶气。第一个点上的货卸够了，去第二个点时，大队长王延云坐在车里给他带路，不知怎么搞的，一直没有找到几天前钉下的旗子，把路带错了。王延云便下车去看，司机向右一扭头看到了旗子，便不管王延云竟自开走，那么远的路，王延云只好自己走上过来。

另一个司机是临夏的，上次就是他，一个50多岁的老头儿，说是跑车20年了。他看到卸货的人辛苦，主动从车里拿来矿泉水给他们喝，并帮忙打开所有车门。

我说，你是个好人，是值得人尊重的人。

他说，我也干过这活，和你们一样，都是下苦人。

我对他笑笑，没想到他会说出这样的话来。

我又说，把你的水喝了你怎么办？

他说，我出去了买，让他们喝吧。

我有点感动，又说，他们什么活都能干，什么苦都能受，别看他们是装卸工，出去了新衣服一换，个个都是人上人。

他说，那是啊，没有这些人，这些活谁干呢。凭什么看不起他们呢？

毋庸置疑，他也曾经受过鄙视，否则不会说出这样的话。

卸完货回到驻地，我把厚衣服换成单衣服后，躺床上就睡着了。我只是拿着相机，一个早晨足足拍了上千张照片，就这活也把人能累死，卸货的人可想而知了。

实际上，我不那么娇气，是高原缺氧，体力稍有透支就会感到特别乏困，而且一时恢复不过来。卸货的人卸上几袋种子，必须得缓一下，否则容易发晕。

吃过午饭，机手们没有休息，就被梁爷使唤着去盖种子了。6个大垛，10公里距离，回来走路的力气都没有了。根本没有喘气的机会，立刻就上工，天气很热，刮着大风。

梁总和监理是跟着种子车来的，他们先去看了一圈已撒完的地方，回来说河坝边上没有撒到，必须重撒。

后来我对梁爷说，该重撒的地方都撒过来了，这个河坝是咋回事？胡国生当初怎么就没有发现？来回20多公里，工时和油耗谁来承担？

梁爷说，完了再说吧。

临走之前，梁总把我叫到帐篷里说事，又跟我提起我们少了一个人和一辆车的事情。

我说，我的老板说这是你们提出的要求，他当时并没有答应。由于工期比较紧，他已经倾其所有了。

梁总问我，现在这个情况，你说怎么办？

我真的不知道该怎么办，也不懂他的意思，于是便问，你的意思呢？车的事情我跟梁爷说好了，把我们的油加上，用你们的车。我接着说，往作业现场送种子我们自己解决。你们的车只是去阿克塞买油，去河里拉水。水我们的人拉，拉来了你们的人可以尽管吃，尽管用。你觉得这样可以吗？

梁总没有回答，却突然问道，我们的人说，你们不让他俩吃饭了，有这回事吗？

我睁大眼愣住了，这纯属无中生有。

梁总进一步又问，你们没有说？

没有。我十分严肃地回答。接着我又反问，是谁说的，我们可以对质？

梁总说，我闲得没事干啊，就为这事。

我说，不知道谁这么没有良心，每顿饭好了，我们都是一起吃的，而且一天都没差。

梁总又转话题，是谁说不让你回家的？你随时可以回啊，只要你们再上来一个人。

提到这话我的心就开始脆弱起来。当初是梁爷和胡国生不让我走的，他们说我走了大家都想走，怕长时间待不下去。我们老板也只好让我待着了。

我答，说了，是梁爷和胡国生说的。

梁总不说话了，猛吸了几口烟。

我说，没关系，我待着吧。你的卫星电话借我用一下，我让我们老板想尽一切办法再找一个人来，来了专门让胡国生使唤，那样就什么事都再也不会有了。

梁总睁大了眼睛，突然温和地看了看我说，你看，不管你住也好，再上来一个人也罢，只要你们在这儿留一个人，就行了，不就坚持20来天了吗？你想走，今天就坐我的车走，如果不想走，就待着。

我不想坐他们的车走，我还打算12号去阿克塞买羊肉呢，因为13号是中秋节。

梁总见我沉默不语，再没说什么。他走出帐篷，带人走了。我没有出去，心里有些难过。

不知不觉已在哈尔腾待了20多天，今天却突然不想回去了。这儿有宽阔的草原，有纯朴的伙伴，有懂得感恩的狗，还有纯洁的雪山，我的梦应该在这里，而不在复杂多变、拥挤热闹的都市人群之中……

整整一个下午，我的心情复杂极了，看着门口的三只狗，感到自己无比孤单。我真的不想参与到其中来，我早已退出来了，过着简单悠闲的生活，不好吗？为什么要让我卷进来？让我掺和到哈尔腾的梦里？钱，面子，甚至心理，还有能者占了上风的满足，这一切都是他们想要的，也是哈尔腾梦的一部分。

月要圆了

梁爷接到儿子梁总的电话，说是局里的领导要来检查。梁爷放下电话，开着面包车就去了作业现场。

没我什么事情，我在帐篷里看书，作业现场全权交给队长他们做主。完全放给他们，他们反而更加负责。我愿意给他们权利和自由，人一旦有了权利和自由，都会成就自己。这些朴实的劳动者成就自己的，只有劳动，然后才是他们成就劳动。

帐篷外面有车的声音，我放下书，走出去看。原来是郑飞，梁爷让他来取塑料。他说邹琴子应该知道哪里有塑料。我纳闷了。邹琴子说，我不知道啊，你找吧，哪里有你就在哪里找。郑飞看了看也没处找，出门又开车走了。一会儿又来，取我们那块遮阴网。于是我就推测，还有种子没有盖住。我让郑飞告诉梁爷，不行就把大帐篷上的塑料取下来去盖种子，反正大帐篷里有炉子，晚上不会太冷。

郑飞再次回来的时候已是午饭时间，大家都回来了。梁爷说没等到局里的人，可能到下午了吧。

午饭后，王延云、曹明、曹国文都躺下午休，李斌和周浩躺在床上看电子书，我催促他们抓紧睡觉，如果局里来人他们就睡不成了。

我在草地上转悠，梁爷一直坐在帐篷外面，显得焦躁不安。

我看到一只鸟在风中勤劳地觅食，风太大，它站不稳，努力扇动着翅膀保持着平衡。它飞速地啄着草地，前仰后合得像个不倒翁。我慢慢走近，它不怕我。哈尔腾的动物好像都不怕人，但又总是与人保持着距离。鸟儿啄几下就跳一段路，像是啄完了身边的食物，又像是挑三拣四。我跟着它，它防着我，我们之间始终有一定的距离。小东西长得非常俊俏，修长的身体，羽毛为白色的底子，土黄色的花纹，黄白相间，条理分明。它用尾巴支撑着平衡，似乎还嫌不够，又长出一根长长的羽毛拖在地上，上下起落得非常潇洒。

小鸟还在逗我，我看时间差不多了，就向帐篷走去。梁爷似乎在等我的这一秒钟，见我走来，就立马起身进了大帐篷，接着传来了他苍老而有力的声音——小王，小王，再不要睡了，赶快起来把大帐篷的塑料取下来，拿上去盖种子。

所有人都被喊醒了，慢吞吞地起来去取塑料。取好了又慢吞吞地走进帐篷戴头套和手套。梁爷又喊，快把那塑料叠起来呀。王延云走出来说，不叠了，直接拿上去盖。于是大家一起把塑料扔到皮卡车斗子里，开车走了。

梁爷开着面包车也跟着走了。他说，不一定局里的人下午才来，他还得去等，顺便看着把种子盖好，这是局里的要求。

3点多时梁爷又回来了。

我问他，局里的人来了吗？

他说，没有，3点多不来大概也就不来了。

晚上变天了，四周的天空黑沉沉的，所有的山都隐去了，我们显得孤立而单薄。

邹琴子说，看这天气，是不是要下暴雨？

帐篷上的塑料取了，周浩用大棉衣挡住了床边上的窗户。曹明也要挡住他这边的，不然晚上风大，真怕有什么东西从窗口进来。他心虚着，我也心虚着，安全感随一层薄薄的塑料被揭了去，身心完全裸露给了哈尔腾的夜晚。

晚上果然下起了雨，外面的世界又不安分起来。我和邹琴子说着话，狗却绕着帐篷跑来跑去使劲地叫，无论又来了什么，也只能任由叫着，人不敢走出帐篷。我能够分辨出雪虎和炭豹的叫声，雪虎的细弱匀称，一声一声地叫，不急不躁。不像炭豹，粗狂凶猛，一声连着一声，像要把气叫断的样子。我白天说起若去阿克塞时，要买一箱火腿肠，来了人和狗都可以吃。梁爷说闲得没事干了。王延云也说，干脆把牛肉买上喂狗算了。我很尴尬，但内心依然倔强。人有时候，可真的不如狗那么忠厚呢！

风掀着帐篷，雨滴砸着篷顶，那声音让人害怕，不由得想家。哈尔腾的中秋即将来了，我早就看到了月牙，那弯弯的清辉一定也照着家乡。

5:30胡国生发着了发电机，天还黑着，邹琴子起床到大帐篷烧水做饭。我听到大帐篷里热闹起来，好像发生了什么事。我赶紧起床。虽然小太阳随着发电机的启动已经热了，但帐篷里积蓄了一个晚上的寒冷仍然存在。丝丝寒气让人怯手怯脚，从头顶侵入的冷令头很疼，脖子也有点僵硬。

草原上昼夜温差大，一个昼夜甚至会有几个季节的变化。虽然大家都已慢慢习惯，但仍然还有防不胜防的突兀感。

邹琴子揭开门帘又进来了，一边进门一边说，周浩的所有衣裤都淋湿了，帐篷窗户上挡的大棉衣是个水疙瘩。

我很吃惊，问道，哪里来的水？

她说，昨晚下雨了，帐篷漏雨呢，把曹明和周浩的衣服全漏湿了。

我问，那穿啥？

她说，曹明还有衣服呢。我把李斌的拿给周浩穿吧。

我立马松了口气对她说，快给拿去吧，幸亏还有李斌的，不然就麻烦了。

邹琴子拿上衣服出去了，我穿好衣服也来到大帐篷。只见能搭衣服的地方都搭满了衣服，帐篷里到处是水，有的衣服还滴着水，像下着小雨。

炉子已经着旺了，帐篷里热了起来。邹琴子对大家说，要不今天让老板娘到阿克塞再买块塑料来盖我们的帐篷吧，如果再下雨那可咋办？

曹国文说，不买了，今天我们就把那堆种子撒完了，撒完我们的塑料就可以拿回来盖帐篷了。

早晨还是很冷，梁爷、胡国生、我、郑飞去阿克塞买东西。阿克塞海拔与哈尔腾相差近 1000 米。我在针织短袖上套了厚毛衣，又从皮箱里取了一件风衣套在外面。

梁爷开玩笑说，你这是去兜风吗？

我说，好久都没有兜风了，不兜风都不知道自己还有没有风度。

这几天路上再看不到青羊和黄羊了，不知道它们去了哪里。路过那几个跌水河时，河水似乎更大了。郑飞把车开得飞快，溅起的水落满了玻璃，一时看不清对面。我们直声喊，慢点，慢点。

每次到阿克塞县城都是 11 点多，历时 3 个多小时，我们首先吃饭，然后再一一买东西，东西买好后，直接就回。今天不买柴油，专门是来办中秋节伙食的，所以很快。我们买了 30 斤羊肉，让剁好了拿回去直接开煮。那个小老板手里的铡刀闪着寒光，腿骨、脊椎、脖子，在他的铡刀下像烂菜一样。我看着便不由自主地抓紧了栏杆，猛地掉过头去，不忍再看。世上总有一种利器无所不能，极尽生僻而冰冷，被人们诅咒，又被人们使用，所以都麻木不仁了。

同时，我还买了月饼、水果、蔬菜，也买了十个馕饼和几十个火腿。火腿拿回去人吃的当儿，可以偷偷给雪虎它们喂点。那 4 个家伙好像永远都吃不饱，我们吃饭的时候，它们看着口水都要流下来了。雪虎带头趴到帐篷门口，眼睛直直地看着你，让你不好意思咽下饭去。

令人最不忍心的是那只小狗，自从狗王被主人拉走以后它就成了孤儿，成天在草原上乱跑。雪虎、炭豹、黑狗都欺负它，尤其是吃东西的时候，它们像老虎一样护着食物，小狗吃不上一口。有时候还咬它，它就吓得远远地走开。然后独自睡在远处，又不肯离去。我偷偷拿着馍馍去喂它，一见我来它就吓得跑了，我放下馍馍离开，它便慢慢走过来嗅了又嗅，然后才试探性地吃了。只要吃过一次，它便不再那么怕我，只要我远远地放下食物，它都会走过来吃。但这事千万不能让雪虎和炭豹看到，一旦看到就完了，它们会像箭一样冲过来，把小狗轰开。它们总是占领上风，让我的偏袒和私心很是失败。一旦发生这样的情况，我也不敢撵它们了，撵得厉害它们反而会伤主护食。在食物面前它们显得死皮赖脸，不讲情面。我反为此佩服它们，怪不得它们强大，原来该死皮赖脸的时候，就得死皮赖脸，否则它们早饿死了。

办完事离开阿克塞的时间，每次都是下午2点多，由于当金山一带不但坡陡弯大，上下车辆很多，而且山里山外都在疯狂地修路，所以走得很慢。

听说正在开通去往青海的隧洞，隧洞内要通高速公路和铁路。铁路已经好了，计划今年9月份通车。高速还没有打通，估计到明年了。

路上尘土满天，路面坑坑洼洼，我们在尘土中跌跌撞撞地飞奔。前几次车开得飞快，我们被颠得像弹簧一样，被弹起来碰到车顶上再弹回来，头要疼好几天呢。

路过建设乡的时候，他们下车给家里打电话去了，我的移动没有信号，只好坐在车上看车外。住在建设乡旧房子里的围栏工程队已经搬别处去了，我看着他们生活和工作过的场景感到十分羡慕。多好啊，这里有信号，随时都可以上网和打电话。

晚上的月亮已经很圆了，谁说的十五的月亮十六圆，在哈尔腾分明十四就圆了。又大又圆的月亮真让人想家，想孩子，想那个问候满天的人间，他们都好吗？

回　　家

　　我早早对梁爷说，今天少撒一趟，让机手们早点回来过中秋节。梁爷很爽快地答应了，而且交代我们早点做好过节准备。

　　邹琴子2点多就开始煮肉，先用液化气把水烧开，肉沫子撇干净，然后再从大铁锅倒入铝蒸锅里，放在煤炉子上慢煮。整整一个下午，一大锅肉慢腾腾地煮着，节日的气氛就这样一分钟一分钟被煮出来了。到了晚上，出门在外的人们一回来就能吃到香喷喷的羊肉。

　　机手们回来已经快6点了。把车停好，他们还要加油。风依然很大，在风中加油，必须要有功夫，否则就加到油箱外面去了。加油要用油管抽，抽的时候先要用嘴把油吸出来，然后快快放进油箱里让自己淌。

　　大队长王延云吸了六七次都没有吸出油来，我真担心他把油吸到肚子里去。不过吸进肚子也是经常的事儿，别人看不出有什么不适，滋味只有他们自己知道。曹国文说，吸到肚子里虽然不着火，但也难受。

　　周浩是所有人里最年轻、最调皮的一个，他说，吸到肚子里的油抽烟的时候着火呢。

我们都听笑了。曹国文说，着火了就耍嘛，像孙猴子一样耍起来。他一边说，一边耍了两下子胳膊。

李斌和周浩很快就加满了油箱，于是我叫上他俩去拉水。拉水的地方在70公里外的三岔路口向南处，2个200斤容量的大桶，灌满是需要时间的。拉水的车子开得不快不慢，一路上有羊圈，有破烂的土房子，这儿以前有人家，现在都搬走了。这儿风景不错，依山傍水，是个好地方，适合闲牧。宽大的哈尔腾河两边有丰茂的草场，一尺高的草丛中鲜花摇曳，多姿多彩。尤其冰草、马莲，这些在水旱两地都能自如生长的植物，在哈尔腾河边，把自己长成了自由自在的小妖。

周浩和李斌是干力气活的人，不用塑料勺舀水，直接拿水桶舀起来倒进大桶里。我看着十分羡慕，拥有健康和力气，活着也是种骄傲。

水拉回来手抓羊肉已经上桌了，胡国生拿来梁爷的白酒，曹国文在西瓜上剜了月牙，我们拿出糖果和月饼，狗们躺在门外看着我们。它们时不时伸出长长的舌头，舔着嘴巴，发出呜呜的急迫或抗议声，像是在催我们快点。大家一致提议，把所有吃的拿到帐篷外面先供给月亮。硕大的月亮挂帐篷上方，照着中秋的供品，格外亲切。

还是少了节日的热闹，多出了无法抑制的感伤。不过，就在那一刻，我感到哈尔腾的月亮离我很近。我没有离开这个世界，可是我离开了家，离开了亲人。我突然又仇恨这里的一切，感觉到无法和整个世界和解，也是因为当初的梦想，在无垠而荒凉的哈尔腾草原上没有开出花来。

月亮慢慢移动着步子，不知不觉间滑过中天，从帐篷头顶转移到哈尔腾山上。是的，尘世间的许多事情不由我们来掌控，而条条大路也并非能通到我们的理想国去。还好，我看到了哈尔腾草原上空的月亮。它依然那么明亮，那么硕大。

雪虎、炭豹和黑狗在车下转来转去，大家不约而同给它们扔骨头，它们仨就在门外兴奋地抢着吃。我想把吃不完的都扔给小狗，可是它不在，不知道它在哪儿。它现在成了荒原上真正的流浪汉，它也是上天赐给大地的一个孤儿，无论生死都属于大地，却不沾染人间烟火。

我明天要回家了，我的假期只一周。为了不让大家担心我走了不再回来，我主动做了承诺，假期结束的当晚，我就坐西行的列车抵达敦煌，然后乘班车到阿克塞，和接我的皮卡车车一同返回草原。

这是多么庄严的一次回家，除了梁爷因高原反应回家休养了几天，再没有一个人离开过草原。他们都有特定的岗位，任何一个人的离开都会耽误工期，影响全局。只有我相对自由，只要把施工日志按时完成，其他事情似乎不会因为我的离开而受到影响。

我早早就收拾好了行李。离开之后，邹琴子和李斌夫妇睡到这个小帐篷里来了。因为我走后邹琴子一人不敢睡，而挤到大帐篷里，又欠妥当。何况男女混睡在大帐篷里，虽然不是什么丢人的事情，但也难免会坏了我们山丹的名声。

经过敦煌

早餐过后，胡国生随出工的车队到工地部署了一天的工作，然后截下每天出工起点的地图，返回帐篷。他安顿好一切，便与我和梁爷、郑飞去阿克塞。梁爷这次回来高原反应的症状又出现了，晚上仍然睡不着，头疼，而且还感冒了，牙龈肿大，半个脸像是塞进了一个鸡蛋，坠偏了梁爷的脸型。他打算去阿克塞住几天输液治疗，因此与我们同行。

胡国生他们要买液化气和柴油，到了阿克塞却找不到液化气站。阿克塞已经通了天然气，液化气用得极少，都是从敦煌灌上来的。有的商店换液化气，一瓶110元，是敦煌的2倍。顾客只好拿空瓶去换实瓶，瓶不计价，只付气款，但太旧的瓶他们不要。

胡国生果断地说不换，直接去敦煌灌气，那样既便宜又实惠。他说，在阿克塞掏一瓶的钱，只换半瓶的气，太坑人了。但时间已快12点了，阿克塞离敦煌还有80公里，要1.5小时左右才到。我的肚子饿了，我怕低血糖再犯，就去旁边的商店买了4个月饼。

我只有到敦煌才能坐火车回家，正好，我可以和他们一起到敦煌，避免了转班车抵达。

返回敦煌的路上,我看到了党河水库,高大的堤坝挡住了水面,"党河水库"4个大字俊美又醒目。水库像神秘女郎,看不到她的样子。但听说库南60公里的戈壁汇流设为阿克塞雨量观测站,不知道与哈尔腾有没有关系。

还看到了戈壁滩上的风力发电,阵容庞大,一路向西,形成一道风景。还有规整且有模有样的葡萄架,只是看不到葡萄。当然,采摘葡萄的季节刚刚过去。

敦煌属温带大陆性气候,昼夜温差大,土质呈沙性,这儿生产的水果含糖量高,味道甜美。因为敦煌的葡萄远近闻名,故而其红酒也驰名全国。当我们唱着"葡萄美酒夜光杯"时,唱曲的人却醉在塞上歌里,无人归还。

到了敦煌,天很热,有人穿半袖,还有人穿裙子。而我在半袖上套了防晒外衣,无论怎么换,却换不掉从哈尔腾带来的土气。

告别了梁爷他们,我仿佛成了一个流浪者,拉着皮箱找饭馆,在街头等待公交。

火车是下午6:35的,坐车的人成群结队。敦煌作为一个5A级旅游城市,因为敦煌学与特殊的地理景观而客流量庞大,仅一个火车站就好像是繁华的大都市。有带葡萄、枣、梨等水果的乘客,宝贝一样爱惜着,像是在爱惜敦煌赠予的礼物。有南方美女拉着一箱哈密瓜,在热火朝天的火车站上,怨声连天。

火车从敦煌站驶出,太阳慢慢下山,金色的落幕让人不安起来。如果离开的苦楚还有余味,那么回去的结果一定是甜蜜?谁不渴望艳阳丽日,谁不想回到身心自由?谁能做到尽善尽美?我曾一次次经历着分别,一次次聚会,又一次次垂泪回首,总想着得到抚慰,却总是和寒霜相见。哪里是家?家在哪里?夕阳下金色的哈尔腾草原上,有聪明的雪虎,有真诚的炭豹，有简单朴素的生活，有善良纯朴的队友，我分明是爱上了哈尔腾草原。可我不能，我必须回到热闹的尘世里，必须回到复杂的人群中，抬起头，昂首阔步。那些在光阴下不断溃烂的创伤只能留给黑夜，留给另一个自己，因为它根本不似恙疾，无法自愈。

又回哈尔腾

梁爷在阿克塞输了几天液体仍然不见好转，家里人只好接他回到了酒泉。我三番五次与他电话联系，就是为了落实返回草原的时间，胡国生和郑飞一定要开车到阿克塞来接我，否则我就没法回到草原。胡国生拿着卫星电话，每天都要给梁总和梁爷汇报工地上的情况。卫星电话不用的时候会自动跳到飞行模式，任何人电话打不进去，只能通过梁爷他们。

早晨7点20几分，山丹至敦煌的火车到站了，我拿的行李多，一出站就打的去汽车站。

出租车后排还坐着3个外地人，他们竟然都是去汽车站的。司机问，到汽车站去哪里时，竟然都是去阿克塞的。于是司机就建议我们拼他的车，直接送我们到阿克塞，每人40元。我自然觉得划算，拿那么多行李，换车又太麻烦。

一路上大家交谈起来，原来3个外地人都是去阿克塞的工程队的，一个是中铁十一局的，一个是中铁十五局的，还有一个是哪个局的我没记清楚。有2个是四川人，其中的一个没车接，到阿克塞要自己坐车赶到工地。他是第一次来，不知道这里的情况，在出租车上看到荒凉的景象就开始后悔了。当然，主要也怪司机，不停地在说施工现场在当金山，那里海拔高，条件艰苦，而且很多地方没有通信信号，几乎与世隔绝。

那人就说干上10来天挣够路费要返回去，还说以前在高原打过工，饭做不熟，头发也老掉，他再不想在这样的地方打工了。继而他又问我，你一个女人家，在那里干什么？

我认为他是一个很聪明的人，拿女人做比较，便什么都比较出来了。我告诉他，我在比当金山还远的草原上种草，那儿海拔更高，信息全无，用高压锅做饭，用卫星电话与外界联系。但那里有很多好处，其中一个就是没地方去花一分钱，我们都是只进不出的有钱人，像财主一样。

他说，别的都可以，唯一不可以的就是不能与家里断了联系，不然家人会以为自己失踪了。

正说话间，他的联系人打过来电话，说工地上有移动信号，没有联通信号，他可以在阿克塞办一个移动话卡。他立即决定到阿克塞先去办卡，并说，这就好办了。

到阿克塞是早上9点，胡国生他们从哈尔腾到阿克塞要走3个多小时，我算了算，8点出发，到阿克塞也是11点多了。我就在经常吃饭的那儿等。饭馆是临夏的一家回民开的，父亲、母亲、儿子、媳妇之外还雇了几个人，生意不错。我与门外餐桌上忙活的父亲攀谈起来，他告诉我，这一带全是外地人在开饭馆和门市部，因为这里工程队多，路过的车也多。阿克塞的人几乎都住在市区，像他们这样卖饭的很少，最多也就卖个早餐、小吃什么的。我把行李寄放给他们，去市区转转，老人家把我的行李码到了门口，让我放心好了。

沿着饭馆后面的居住区走，墙里的红枣枝伸出墙外，暴露着墙里的甜蜜。阿克塞的红枣也熟了。我想起邹琴子爱吃枣，但遗憾不能给她摘几个，于是便拿出手机拍了许多照片。还好，我来的时候朋友送了一箱临泽小枣，经过再三取舍，我将它们带到了阿克塞来。这是我带给邹琴子的心意，也是带给我们俩的小吃。临泽小枣名声很好，能在遥远的哈尔腾草原吃到临泽小枣，我在内心感谢过很多次送枣的人，并也默默为之祝福。

胡国生和郑飞11点半赶到了，他们说还在修路，尘土飞扬，走不快。我们在回民饭馆吃过午饭便去买柴油。胡国生说，梁总交代了，皮卡车车加34号柴油，再买上一桶回去了配上0号加。草原上气压下降，前几天皮卡车车坏了，他们在阿克塞没有修好，直接开到敦煌去修。胡国生还告诉我，下过一天雨，不能上工，集体休息了一天。

我回到草原的时候天气阴冷，雪都下到了半山腰了，草也完全黄了，一切都在以枯败的状态和大地抗争。

雪虎和炭豹、还有黑狗，看到我们的车便欢跑了过来，从油路把我们迎下来一直跟到帐篷前，像在迎接久别的亲人回家一样。好几天没见，雪虎和炭豹对着我又是晃头又是摇尾，雪虎还用头抵着我的腿，像个孩子。它们的激动让我有了回家的感觉，门口永远都有期待你的人，还有什么放不下的呢？然而，我想到另一个世界的另一扇门时，内心的悲苦却又悄然漫上心头。

放下车上的东西，直接去了工地。我已经换上了羽绒服和棉帽，还用加绒的头套护住了脸部。腿依旧感觉到冻，但没办法，出门时没想到那么多。

撒播的车辆撒到山根子里去了，他们撒过的地方令胡国生不是很满意，他用步子丈量，有的地方确实没撒好，不知怎么搞的。

胡国生说，这几天由于长度在5500米左右，一天只能来回撒播四趟。其实撒5趟也是可以的，但机手们不肯。梁总通知要提前竣工，加快进度不容易呀。

我感到有些压力，不知道该如何跟他们说。本来是50天的工期，现在突然提前10天完成，一来工作强度要加大，二来机手要少挣10天的工资，他们会怎么想。但一想，提前竣工并非没有道理。天气越来越冷了，早晨发车难，老出状况。而且这几天羊群转场回来了，野生动物随羊群的回归而频繁出现。提前竣工是局里的意思，必须要为安全考虑，万一出了问题，谁都脱不了干系。

等车队撒过来后，我们跟随到达南端顶头处，正好种子垛跟前有一条干河坝，胡国生让4辆车撒河坝，另外一辆重撒没有撒好的地方。

哈尔腾草原上这种干河坝很多，有的长满了野刺，但大多数河坝只有石头。清一色的石头呈现出不一样的形状，拥挤在河坝里，它们把河坝的老底亮了出来，还是石头，以至于让我想象到哈尔腾大地深处只有石头，没有土。植物们在石头上生根发芽，最终却把石头深深地压在下面，不能翻身。

我看着一河坝的石头对胡国生说，这样的河坝，撒上种子有意义吗？

胡国生说，即使不长也必须得撒，地图上并没有标记河坝不撒。

我说，做地图的人或许并不了解这里的情况。

胡国生说，那是做地图的人的事了。

话到此处，我便无话可说了。我只好拿着手机拍照，乘机取些影像资料，好补充这几天的缺失。

转场的羊群回来了

　　队友们说，雪虎跟着车队出工的时候，看到了一群黄羊，它便撒开蹄子追到山口，黄羊进山了，雪虎不敢进山，坐在地上等了一阵子便悻悻回来。队友们当时就骂它"茶尿"，它听不懂人话，却有几分懊丧。吃晚饭的时候周浩还在骂它孽尿，连个黄羊都追不上，不给饭吃。雪虎还是听不懂人话，照样吃饭。第二天早晨出工，雪虎带着炭豹和黑狗到了工地，它带领伙伴直接去山口，一起叫阵，牛气冲天的样子。可叫了半天仍不见黄羊出来，于是便回来了。从此，我们对它降低了期望。

　　今天早晨出工的时候，周浩的车熄火了，其他车都走了，只有他一个人孤零零地被搁在公路上。一会儿皮卡车车迎上回来，他们一起蹲在路上查看。我准备过去看看，车却开走了，可是刚走不远，又停了下来。雪虎和黑狗出工去了，帐篷外只有炭豹。我怕不安全，便叫上炭豹一起去看。我叫了一声，来——。炭豹便欢快地跑了过来。可是，还没走到车跟前，车又开走了。

　　回到帐篷，我开始赶写落下的日记。炭豹又叫起来了，叫声急促。

一定是有了什么动静，否则，炭豹不会叫得这么不依不饶。我走出帐篷，看见邹琴子站在帐篷前向东翘首。见我出来，大嗓子就喊了起来——羊群来了，快来看。我说，怪不得炭豹叫得这么厉害，原来是羊群转场了。

只见偌大的羊群顺着公路向我们移近，羊只散落在路的两边，一边吃草，一边赶路。前面跑着三只狗，迎合着炭豹使劲地叫。牧羊人骑着摩托，停下来向我们看。他把自己围得严严实实，戴着脖套，又戴着一顶帽子，脖套上有两个"眼睛"，怪怪的。看不出脸的样子，但可以断定是一个男人。他让人感到讨厌的是，竟然盯着我们两个女人一动不动地看，像是没见过女人。

我说，进帐篷吧，那个放羊人有点讨厌。

邹琴子说，就是，脸皮咋那厚。

我们进了帐篷，狗还在外面激烈地叫着。

狗与狗不停地叫着是相互交流，羊群似乎若无其事，自顾自地吃着草，赶着路，根本不受任何狗叫的影响。炭豹跑到公路边叫了半天又跑回来，一边跑一边叫，很激动的样子。跑到门前看看我们，又转过头去看着公路上继续叫，一边叫一边还不住向我们回头，仿佛说着什么，但我们听不懂。

直到把羊群叫远，炭豹才回来，睡在地上还在叫。我估摸着，它今天叫了整整一个早晨，叫得既激动又亢奋。它怎么就叫不哑嗓子呢？声音还是那么粗犷雄厚。有时候我感到它叫得实在没意思，一点儿动静就叫个不停，捕风捉影似的。真不知道它是在练嗓子呢，还是在练胆魄。所有狗里面它最爱叫，而我们还说它最操心，因为晚上只有它叫得最厉害，也可能是它的视力好，最先能看到最远的动静，它的好名声由此而来，所有人对它的偏爱也由此而来。

这几天公路上车辆特别多，都是转移羊群的，有的直接拉着羊，有的拉着帐篷和羊，还有的大车加成三层铁栏拉了满满三层羊，像纳粹分子的集中营。我想起放公羊的牧羊人说过，每年11月10号左右所有的羊就被拉完了，那么现在就是开始。拉走的羊有的远售，有的被宰，剩下的转场。而转到秋牧场来的羊群只在这里待1个多月，等草原被雪覆盖以后，再去冬牧场。冬牧场就在建设乡对面的小哈尔腾，那里有足够的黑刺不但可供羊吃，还可烧炉子，是一种密度极大的灌木，也是哈尔腾特有的植物，它的韧性和生长强度极大，能攻破河坝。

我们的帐篷前后已有大群的羊在吃草，远处狗的叫声不停，听起来有了村庄的味道。整整一个早晨，除了雪虎和炭豹，黑狗和小狗都没有回来，我们怀疑它们跟着原主人走了。是不是过几天炭豹可能也要被主人带走，到时候就只剩雪虎一只狗了。有一天雪虎会不会也要走呢，在这孤独的世界上，谁才是生死与共的伙伴？

周浩说，早上雪虎被一个放羊的骑着摩托车追着打。那人说雪虎以前是他的狗，因为吃掉了一只小羊羔，不要它了。他怕雪虎再跟着他的羊群，就追打它，让它彻底死心。

原来雪虎真是一条流浪狗，它有吃过羊羔的劣迹。它怎么就能吃主人的羊羔呢，那不是家贼吗？是不是它把刚生下来的羊羔当作老鼠或旱獭了？我知道它并不是一条恶狗，它喜欢给主人效力，也喜欢向主人撒娇献媚。它是不是因为饿？如果不是因为饿而偷吃羊羔的话，那么它活该被抛弃。

王延云说，怪不得雪虎敢进帐篷，把我们桌子上的西瓜叼出去大摇大摆地吃了。他说好狗是不进门的，换了他们家的狗，若是吃了鸡什么的，他们也很讨厌，也会追打，也会抛弃，甚至宰了它。

我替雪虎担心起来，它今年的冬天还会好过吗？会不会还有人养它？让它活得像一条狗。

有人说，走的时候拉上，拉回去了宰掉，吊起来吃一冬。

我说，拉不拉回去，也得由我说了算。

说实话，为一只狗维护尊严，他们都把我看作另类，或者是妇人之仁。当然，我不能否认我有妇人之心，但我不能眼睁睁看着曾经的伙伴，被人鱼肉。

来自哈尔腾的七彩瓶

　　我想给女儿做个七彩瓶，用哈尔腾的七色彩石，装进啤酒瓶里，再装满哈尔腾河里的雪水，放在阳光下看，一定是世界上最璀璨的宝瓶，带有高原的色彩、雪山的纯净、哈尔腾的声音、母爱的温度。

　　想我的小棉袄了，她是我生命的七彩瓶，我要赠予她成长的七彩瓶。来自哈尔腾的七彩瓶带有神意，注入了高原本色，它就是缩小版的迷幻哈尔腾，送给我的女儿，也就是送给了她一个未来世界。

　　帐篷前后都有七彩石，尤其被轰炸过的地方，一摊一摊，大大小小什么样的都有，那是大地的残骸，破碎的骨骼，但因有高原的骨气，即使被炸碎了，也仍有璀璨的光芒。我专拾米粒大的，越小的石子越藏有更大的世界。圆形的虽然好看，但反光过于圆滑，反而折损了完整。多棱的比较立体，袒露的心扉丰富多彩，丝毫不做掩饰。当然不能太锐利了，那样不但有失美观，而且还潜藏着危险。我一粒一粒拾着，拾一粒好似与女儿说了一句话，她若高兴，我就能听到她银铃般的笑声。早晨的太阳很温暖，天气晴朗的时候，早晨的风不是太大。大多数时候，哈尔腾的晨风柔和温煦，这时在草地上活动，实则是一种享受。天大地大，独我一人，我是孤独的，但一切都是我的。雪虎睡在不远处，很安静，我便知道此时也很安全。

但邹琴子心里仍不踏实，好大一会儿了，我一个人在帐篷外不知是啥情况。她走出帐篷，看到偌大的荒滩里我一人蹲在草地上，像一只胆大的羊，一点都不怕周围有危险，自顾自拾着石子。她走过来，仍然是嗔怪，她说，真的是闲着没事干了，拾起了石头，你拾上回去你丫头会喜欢吗？说着，她也蹲下给我拾，她嫌我拾得太小了，丢瓶子里挤得太紧反而发不出光来。于是，我们就拾大点儿的，似乎蚕豆大小的刚好，和小部分米粒大的伙同在一起，正好填补了过大的间隙。

邹琴子说，还有些羊肉，今中午吃羊肉垫卷子，肉已经垫好了，面擀开，油抹上，撒了些葱花儿，卷好，切好，搁到盆子里了，等干活的人一来就下饭。

我说，面卷儿早早搁盆子里会不会压坏？

邹琴子说，不会，抹了油呢，下锅的时候稍微捏一下就可以了。

她接着又说，都爱吃面卷子，面卷子吃上也耐饿。说是下午迟些收工呢，撒山根子一块地方了，全部撒完再回来，明天撒新的区域，山根子再不去了。

我说，做好点让吃吧，这两天任务艰巨，别的没办法，饭还是没问题的。

邹琴子说，吃得再好周浩也饿呢，小伙子家，比老家伙们消化得快，每天都带着一包方便面，饿了就干嚼着吃。李斌说得好，周浩一吃方便面，所有人都感觉饿了。

我说，都带一包呀，饿了先解解急。

邹琴子说，都是吃饭的人，那些东西丁得咽不下去，也只有年轻人才行。

我说，那咋办呢，总不能死抗着吧，肚子饿了头昏眼花的。

邹琴子说，没那么玄乎，都习惯了，谁扛不住谁干嚼去。

我知道那些人是特能抗的，饥饿又算得了什么，往往饿了还要干大活呢，照样也得挺下来，抗饿和耐苦力是他们必须具备的能力，从小到大就练就了。

我看了看手机，11∶30了，我说，下午再拾吧，先回去，早点做好准备，面卷子垫起来可费劲着呢。

邹琴子站起身，向山根子里望了一眼，说道，越撒越远了，中午回来咋都到一点过了。回吧，你也不急，每天慢慢拾，日子多着呢，够你消磨的。

我说，下午到公路那边去拾，路是由砂石垫起来的，砂石流下去的地方应有尽有。

邹琴子说，嗯，下午风就大了，路坡下可以避风，从那个山梁刮过来的风也不小呢。

我们走回帐篷，3条狗睡在帐篷前面晒瘫了一样，见我们回来，瞭了瞭眼睛继续睡着。我把未拾满的七彩瓶放在我们帐篷门口，然后去大帐篷前面的水罐跟前，打开水龙头和邹琴子洗手。那只小狗悄悄跑了过来，一步一防地走到七彩瓶跟前嗅了又嗅，看到我们发现了它，马上又向远处跑去，好像我们吓怕过它，即使没想着伤害，它也不敢靠近我们。邹琴子说，那个胆小鬼，瓶子里装的又不是肉。

又加了炉煤，锅里的水也开了，干活的人还没有回来。都1∶30了，我俩有点着急，便走出帐篷朝路那头瞅。过来一辆车，不是我们的皮卡车，径直走了。又过来一辆，仍然不是，也走了。我们就瞅山根子到公路的那段荒滩，看见了几个土柱儿，缓慢地移来，我们甚喜，总算看见了。前面1辆车领着后面5辆车，像一条长脖子的虫子，摇头摆尾地下滩来了。前面的速度快，后面的速度慢，走着走着，"虫"的脖子越来越

109

长，长着长着就断了。"虫"的头上了公路，是皮卡车。"虫"的身子还在荒滩里，攀起了一条长长的"土龙"，有头有尾地飘移着，也下滩来了。

邹琴子进帐篷下饭去了，我站在原地等皮卡车到来。等走近了，停在帐篷前，郑飞下来，从车斗子里抱下一个编织袋扔在了门口，对我很神秘地说道，你猜我们拾到了啥宝贝？

我说，哦，啥宝贝呀？这荒郊野外还有宝贝？

郑飞说，盘羊的头骨，可漂亮了。两个角弯得鬼斧神工，拿回去刷上清漆，是一件完美的艺术品。

我一听很是惊呀，要打开看看，郑飞就打开编织袋让我看。一大一小两个盘羊的头骨，大的嘴骨有点破损，但由于角完美，主导了整体完美，一小点破损也不算什么。唯独遗憾的是，羊角不再光滑，表面裂开了口子，一道一道的，很是粗糙。但仍然可以做工艺品，粗糙的羊角反而有另一种美，充满沧桑，粗粝又富含内容，让人能看出英雄的气概。小的那个相对就完美了，光滑的羊角，完整的骨框，像是仍然活着，只是另一种活法罢了。一定是一只年轻的盘羊，甚至是一只母羊，它的五官没那么粗犷，羊角也只是打了一个弯儿。还不够俄罗斯人要求的尺寸，骨质也没那么朽白，绝不是走火被打死的，很可能死于野兽之口。

我和郑飞研究着，胡国生走过来了，张口就说，活都干不完，你们倒研究起羊骨头来了。我这才想起下班怎么迟了，随即问道，怎么下班这么迟，什么情况？

胡国生说，一顺把那些撒完了，总不能剩下个尾巴再去一趟吧，车多了划不来，一辆车又不敢去，遇上狼咋办呢。下午撒新的一片，也不近呢，吃过饭让少休息一下就走。

他说得没错，来去十几公里，剩下一点再去一趟，豆腐成了肉价钱，实在划不来。

队员们一走进帐篷，邹琴子就说，我以为都让狼吃掉了，左瞅右瞅不见人，我们俩眼睛都瞅酸了。

曹国文说，让狼吃掉你还得收尸去，起码得把李斌的收拾上回家去。

邹琴子说，都被狼吃了，还有啥可收拾的，剩下些骨头晒干了也学盘羊，给哈尔腾做艺术品去。

我们都听笑了，唯独邹琴子没笑，反而像生气的样子。

废弃的艺术被毁了

　　队员们上工去了，每辆车装满了草籽，一字儿跟着皮卡车上了公路。我和邹琴子一直目送他们远去，互相没说一句话，好像都有心事，说不清是担心，还是怜惜。突然感到自己待在帐篷是多么幸福，可以午睡，睡醒了无所事事像个闲人。不像撒播队员，有时候不得不连轴转，来来回回撒了一趟又一趟，颠颠簸簸，李斌说，头都颠疼了，脑子像是在打架。下车加种子后，都不想上车了，似是要上刑一样，真有些怯了。好在摊大地大，没那么多安全隐患，一个跟着一个走就是了。邹琴子却说，万一狼来了呢？你也瞎闭着眼睛跟着走吗？

　　李斌被问住了，大伙儿都被问住了。愣了片刻，还是曹国文油嘴滑舌，他说，万一打不过狼，该死的男子汉面朝天，怕啥。

　　邹琴子说，你说得倒轻巧，婆姨娃娃丢给谁，丢给钱你挣下钱了吗？

　　曹国文收住了儿戏，边洗手边说，爹死娘嫁人，该咋咋吧。

　　邹琴子急了，本来就是大嗓子，这回扯得更大了，她对曹国文说，你问你的婆姨娃娃了吗？他们同意吗？你把他们想丢就要丢下吗？

曹国文也认真了起来，说道，那咋办啊，到哪山就得打哪柴。

王延云息事宁人，说道，没那么玄乎，狼来了个个都是英雄。再说，我们的车对狼来说也是庞然大物，轻易不敢靠近。

我继续拾七彩石子，并且越来越有经验了，我把不好看的倒掉，把好看的装进去，还装点儿草叶衬托石子，看上去更富有诗意。我不知道各种各样的石子属于什么石性，反正都是石头，各种颜色的石头，比彩虹的颜色多。但我只能叫作七色，这样好听。因此，我做的七彩瓶也绝不是只有七彩，真实的情况是超过了10种颜色，当然，有一部分是中间色系，恰恰占了绝大多数，无比庞杂。这些颜色虽然都来自主色系，但在时间的长河里，经过大自然的复杂变化，因年代的长远而变化不同。我想起前些年到阿克塞开金矿和玉矿的传闻，不知那些人挖到了没有？但这些被破坏的现场一定有他们的影子。都炸碎了，那么好的石头，留下来的只有这些碎的。但仍然丰富多彩，完全可以做出美丽的七色宝瓶，带着哈尔腾之梦，送给我们的孩子，让哈尔腾在失去一些的同时也产生一些东西，与外界精神合一。

路坡下有护路工留下的痕迹，是用铲车铲过的，每年都要巩固路基，把沙石堆到路不坍塌的程度。沙石里有的是石子，也有大的石头，突然出现一块，像个潜藏下来的幸存者，我赶紧审视，没什么拥有价值，便丢开了。其实我希望能够侥幸地遇到一块宝石，越大越好，但最终也没有遇到。在哈尔腾的50天里，我每天都在散步，散步的时候我寻求精神相遇，我遇到了哈尔腾所有的石头，但我不知道它们哪些是宝，哪些不是，哈尔腾的石头重新定义了人们因汲取的需要而定义的贵贱，它们都是石头，它们也都是宝石。我装进宝瓶的只是哈尔腾其中的一部分石头，我能够带走。但我带不走的，是哈尔腾更多更丰富的石头，没有定数。它们将会因哈尔腾变为无人地带而永远神秘和宝贵，因此才能成为财富，像祁连山一样永远存在。

雪虎和炭豹睡在公路上陪着我，它们安然的样子说明周围安全，没有陌生来客，也没有庞然大物，我完全可以放心地拾着石头。风吹着它们，它们一动不动，无论多大的风，无论睡在哪里，它们像一个固定的黑色物体，远远地看去也像一颗白色或黑色的宝石。我很庆幸遇到、并收养了它们，是它们让我们有了既来之则安之、临时主人的感觉，便也有了主人的使命感，从而开始关心这里。

不知过了多久，雪虎和炭豹突然跃了起来，汪汪叫了两声，把喉咙压得满满地看着河里，一次一次咕噜、汪汪。我吓了一跳，起身就往公路上跑，全身的汗毛都竖了起来，差点大声呼叫，但又怕惊动了来者，让其为猎捕更加发威。雪虎和炭豹似乎没我那么紧张，慢悠悠地叫着，晃晃悠悠地跑下公路，向河边跑去。我感觉到不速之客没有向我而来，也不具备危险，不定是雪虎和炭豹的朋友，所以它俩才跑得那么晃晃悠悠，叫得也那么友好。我站在公路上看哈尔腾河，枯黄的草丛遮蔽了河水，我知道有水流过，正因为有水，那里才是一片湿地，各种牧草才长得比荒滩里茂盛。是几匹马，在草丛中吃草，雪虎与炭豹奔向它们，奔到河岸却停了下来，有一声没一声地叫着，又回头看看我。哪来的马？是第几次突然出现？它们从哪里来？我返回帐篷，拿出望远镜看河边。

有十几匹马，白的居多，还有枣红色、黑色、黑白相间花色的。都甩着尾巴，在低头吃草，对雪虎和炭豹的无礼熟视无睹，似乎什么都没发生，河道里始终悠然而宁静。那么美，一匹匹骏马体格饱满，四肢俊美，长长的鬃毛垂在颈下，在风中摆动。那动态的景象多像边塞牧歌，牧歌里的马匹像一个个古代女子，飘逸着长发，正在水边牧村里生活。天苍苍野茫茫蓦然间复原在我的眼前，就在河边，在哈尔腾，在沙石欲下的哈尔腾大河，像突然出现于沙石里的石头，俨然焕发着宝石的光芒。

我大喊着，邹琴子——邹琴子——

邹琴子走出了帐篷，嗔怪我一惊一乍，问我又发现了什么。我招手让她过来，把望远镜给她看，她看了又看，冷静地说道，真的好美呀，哪里来的马？

我说，牧羊人说过，这河里有阿克塞人放养的马，不用人放，马顺着草吃着来去。我认为这些马正是顺着草来的，应该是河对面的马，你看，马在河的对岸。

邹琴子说，又看见马了，这地方啥都有。

我拾满了七彩瓶，放在帐篷外面的椅子上对着光看，五彩光芒在随着我转动的宝瓶转动，我兴奋地说了又说，浮想联翩，直到把邹琴子说烦了，便不再说，跟她进了帐篷，帮着她开始做晚饭。

因为在新的领域，一开头就厘清了头绪，下午正常下班，路程也没那么远了，队员们回来精神头还足，又是唱歌又是吹牛，把大帐篷里喧闹得又热闹，又红火。我给他们讲郑飞倒车时的情景，好端端的盘羊头骨，因倒车技术太臭，被他轧碎了，大家都欺负郑飞，你眼睛在哪长着呢，那么好的艺术品你看不见吗？

郑飞哭丧着脸，倒怪起我来，他看我一眼说道，都是她，不知啥时候把装盘羊头骨的编织袋提到空袋子垛边了，我倒车的时候不知道，直接轧了过去。

我说，轧就轧了吧，旧的不去新的不来。

郑飞说，哪还有新的呀，那些都是俄罗斯人打猎时留下的，这么长时间了，好不容易碰上，又被我轧碎了。多好的头骨啊。

胡国生说，别做梦了，那东西就不让拿，拿了犯法。

啊？真的假的？我们齐声问道？

胡国生说，放羊的人说的，那天我也问了路上停下的车，说那是自然产物，哪里的要留给哪里，不能带走。要带的话，到了当金山卡子上被查出来要判刑的。

这么一说大家心里都好受些了，尤其是郑飞也不再那么遗憾了，和王延云胡扯，一个说，真正想拿的话，想尽一切办法都拿出去了，卡子上也查不出来。但谁都知法懂法，不会去犯法的。

郑飞揶揄王延云，就你聪明，一个不懂艺术的人，拿那东西干啥。

胡国生说，绝对不允许，这里的一草一木都是这里的，这是纪律，给你们说过多少遍了。

我说，能够见到已经很幸运了，一切占有都带着毁灭，我们是建设和修复草原的人，也就是建设和修复自然的人，什么都不能拿，自然的留给自然，哪怕终究会消失，但起码不是消失在我们手里。

邹琴子说，你是有七彩瓶了，那也是哈尔腾的艺术。在我们面前，说得比唱得都好听。

邹琴子的丈夫李斌开口了，对邹琴子说，那是给娃娃拿的，是个纪念，应该让娃娃知道我们来过这里，而以后再也没这种机会了。

又一辆车陷进了河里

梁总又送来了一大车种子。从 70 公里外的第一个点开始卸，一直卸到沿东向北的山根子里，一共卸了 5 个点。

梁总给我交代撒播事宜，他说这是国家项目，要一级一级验收。他最近去了一趟西安，专门寻访了设计这个项目的专家。专家说，像哈尔腾这样的草原若按出苗率来验收，谁都达不到要求，所以必须得按撒播密度来验收。随便抽一块地，看撒下的情况，一平方米该落下多少粒种子有个数据范畴，这个范畴便是验收标准。因此必须按要求撒播，甚至要超要求撒播，不惜代价。

我说，一直在按要求撒播，不过难免也有遗漏的地方，结束时再补撒，专门用一两天的时间。

梁总说，这样最好，补撒很重要。

我说，没问题。

为了赶时间，梁总分别给我和胡国生交代完事情就走了。

卸种子的时候胡国生对我说，梁总说了，冰箱里的羊肉加紧吃吧，吃完了过十一的时候他再买一只羊给大家过节。

我听了很高兴，对车上卸货的人喊，梁总说了，十一还要给你们买一只羊，你们可要把活干好。

第一个点上的种子卸完以后，我们到帐篷取塑料，只见路边站着两个相互搀扶向我们招手的人。胡国生走过去问原因，原来他们的车陷到河里了，求我们的车前去帮着拉一下，他们给钱。他们是河对面灭鼠的工程队，工程结束了想开着车玩，结果把车陷到河里了。他们都是阿克塞人，很年轻，他们的老板还在车上。今天如果挡不到车，他俩就得跑到建设乡去打电话，他们的工程队也在那里，但工程已经结束，人都回去了。

从我们这儿到建设乡还有72公里路，两个人走着去那得走到啥时候。

胡国生问我，咋办？

我说，你做主。

他又问，到底咋办？

我依旧说，你做主。

胡国生就问那两个人，你们出多少钱？

那两个人说，你说吧。

胡国生说，500块。

那两个人说，500块就500块。

他们又商量怎么才能拉出陷在河里的车。

曹明说，用皮卡车车拉，应该很容易的。但要有钢丝绳。

我问，哪有钢丝绳？

曹明说我的车上就有。

我说，那你就和胡国生他们帮着拉一下吧，我带着大家去卸种子。

曹明说，我还要卸种子呢，那么多货，不能只让他们4个人卸。

我说，先帮着把车拉出来再说，要不然天黑了，会冻死人的。

曹明再没说啥，拿上钢丝绳跟着胡国生他们走了。

我们卸完种子回到帐篷，天已黑了。曹明已回到帐篷，见我们回来，他说，皮卡车根本拉不出那辆车来，是我跪在泥沙里，一锨一锨把泥沙挖开，车才拉出来的。车拉出来以后那几个人十分感激，但他们没有现金，说到建设乡才能转钱，并且答应转1000块。胡国生和郑飞开着皮卡车跟着转钱去了。

邹琴子听后十分愤慨地说，阿克塞的老板脑子都有问题呢，车开到河里，出了人命怪谁呢。

曹明说，如果不是我们救援的话，那几个人就是把车扔了也回不到家。我们不能见死不救。

我没说什么，因为我知道，他们收了钱才去救援的。

胡国生和郑飞还没有回来，李斌躺在床上抽烟，其他4人又开始打麻将。无论多累，他们每天晚上晚饭后都要玩上一会儿，似是约定俗成了一般。

王延云开始抱怨我，为啥要让曹明去河里救车？好好地不卸货。胡国生想救，让他救去，我们管不了。曹明今天没卸货，装卸费咋分呢？不给他分吧，曹明太亏了，给他分吧，队友们太亏。1000多袋种子呢，这是在高原，卸上几袋就心又跳气又喘，费劲着呢。

我突然才意识到，自己做了一件顾头不顾尾的事情。倒还把自己给难住了。

晚上睡觉的时候我们没有起动发电机，那是甲方的东西，经过这么长时间的集体生活，双方把东西分得很是清楚。所以发电机什么时候开，什么时候关，都由胡国生说了算。

我和邹琴子只好早早睡了，本来我还想看会儿书的，但躺在被窝里看书对眼睛不好，就闭上眼睛胡思乱想。她睡在被窝里，拿着手机继续重温她的电视连续剧。

胡国生他们 11 点多才回来，是发电机吵醒了我们。

我迷迷糊糊地问邹琴子，胡国生他们回来了吗？

她说，回来了。

我又问，几点了？

她说，11 点多了。

然后，我又睡着了。

第二天早晨，我问邹琴子，胡国生他们昨晚回来啥情况呀？

她说，胡国生说昨天救了车的那 1000 块钱买羊吃呢。我有点出乎意料。羊不是梁总要买吗？

邹琴子说，不知道，反正他说他买呢。

我觉得难缠了，买羊吃了曹明的装卸费谁出呢？难道胡国生心里有数？

草原上慢慢热闹了起来，几乎一里路就有一个羊房子，晚上明明灭灭的灯光到处都是，远的看上去像神灯，又像鬼火。远远地还听到狗的叫声，我们终于有了邻居。东边那个坡下的羊房子有 1000 多只羊，4 只狗，小小的哈萨克帐篷驻扎在羊圈旁边，显得人比羊小。是的，在哈尔腾草原上，每一个羊房子里都只有一个牧羊人，他们的伙伴只有羊和狗。他们中大多数是雇来的，阿克塞籍的很少，都是外县人，听说也有我们山丹的，这倒令我很好奇，究竟是山丹哪里的人呢，我们有缘碰到吗？

早晨 10 点多时，胡国生来送郑飞来焖米饭，他们最近每天中午吃米饭，老说邹琴子做的面不熟，吃上肚子胀。我们还纳闷，咋就他们的肚子胀呢。

他跟我提起那 1000 块钱，说是要买羊吃。

我说，梁总不是要给我们买羊吗，咋又你买？

他说他给梁总说了，就这钱买。

我说，也好，那曹明的报酬咋办？他没有卸货，大家都闹意见呢？

不行我也给梁总说一下吧，看能不能也给曹明 150 块钱报酬，剩下的钱再买羊。毕竟人家跪在泥沙里挖开了路，那车才出来的。

胡国生突然就急了，他说，你不能给梁总说，是你把曹明使唤上拉车去了，你这会子又要报酬，你不是为难人吗？

我很诧异，听这话好像我使唤错了？那么车究竟是谁拉出来的呢？再者，我为什么就不能给梁总说呢？像这种事就得我跟他沟通呀。

坐在一边的郑飞说，不行就给曹师傅 150 块钱吧，剩下的 850 块钱去阿克塞买上些羊肉算了。

我又说，那羊肉条子上我就不签字了，这账就这么走平算了。

胡国生突然火冒三丈，跳起来就嚷，你这个人事情太多了，签字不签字不是你说了算，我们的好多条子梁总已经不让签字了，与你啥关系？

我被突如其来的变故搞得莫名其妙，一个大男人家对女人说嚷嚷就嚷嚷，还有点素质吗？再说不签就不签了，这么激动干什么。又一想，梁总怎么突然不让我签字了？当初殚心竭虑让我留下，不就是为了监督吗？现在怎么连字都不让我签了？

我也大声嚷嚷起来，胡国生，我们的费用必须由我签字，否则将来我不认账。而且你也再不要让其他人签字了，周浩也不行。

胡国生嚷道，周浩上次签了是梁爷交代的，又不是我让签的。

我说，梁爷交代的怎么不征求一下我的意见？

胡国生继续嚷道，啥事都必须要给你说吗？说着，从我手里抢过装卸费的花名册和笔记本，拿回帐篷扔下，又出来嚷嚷着开车走了。

我觉得很好笑，说翻脸就翻脸，怎么这么莫名其妙。

中午回来，胡国生拿了 600 块钱给王延云，算是昨天的装卸费，让他们自己分。至于那 1000 块钱，他说已给梁总说了，买羊。王延云给每人分了 120 块，包括曹明，大家也没说啥。说实话我有点不高兴，这样下来不是每人少分 30 块钱吗？

这些虚伪的家伙，和我斤斤计较，责怪我多管闲事，现在却又二话不说，把钱分了。怎么说一套，做一套啊。

坐在帐篷里看雪山，门便是宽度。近几天渐渐融化的雪线又退到了顶部。多么晴朗的天气，这是哈尔腾之神赐予的福气，让撒播的机手们少挨些冷，让每天早晨的车辆都顺利地吼叫。当初梁爷让我签字是为了监督，也是对我方负责，胡国生为什么突然不让我签字了？还说签不签不是我说了算，这个变故有点大，我丝毫没有察觉。

哈尔腾的风也似乎学会了巧舌如簧，颠倒黑白。梁总催着提早完成工程自然有他的原因，可我觉得少一天都是对工友们的亏欠，他们一天要挣 600 块呢，对农民来说，是天文数字，而给予他们这个天文数字的是我们，不是甲方。

哈尔腾的神无处不在

　　那只小狗再没有回来，黑狗回来了，但仍然没有雪虎和炭豹强势。我们把饭菜分为三份，可狗盆只有两个，只能等到雪虎和炭豹吃完了才能把第三份倒给黑狗。可是，那俩家伙太霸道了，尤其雪虎，真是狗仗人势，它会再一次霸道地吃完黑狗的一份。我呵斥雪虎，黑狗却以为我在呵斥它，吓得后退。雪虎便更加自如，目中无人，吃完后舔着舌头，大摇大摆地走开了。

　　真是一条癞皮狗，脸皮太厚，我骂道。

　　邹琴子也常常骂它，狗吃八堆屎，哪堆它都要霸占住。

　　下午又起风了，风刮得帐篷哗哗直响。这几天除了早晚寒冷，白天还算可以。而我只有待在帐篷里做自己的事情。

　　什么时候开始变成闲人了？我突然问自己。

　　哈尔腾的神无处不在，随时都在我们身边，暗处的变化，明处的平静，都是神的存在。它始终在时间里，悄悄地从我们身边走过。

　　胡国生从工地上回来了，卫星电话别在裤腰上显得很酷。我走出帐篷，胡国生看见我就说，梁总说了，工期延长2天。

这很突兀，但我没有吱声。梁总不知道工地的情况，都是胡国生汇报的，不是局里也催着完工吗，怎么突然又延期2天？

邹琴子听到之后急忙从大帐篷出来问，真的假的？

胡国生说，看你这个人，这事还有假？你就准备好再挣老板的2天钱吧。

我听后呵呵一笑，转身走进了帐篷。

我仍然迷着《百年敦煌》，雒青之先生笔下的斯坦因实在是一位了不起的学者。他一生为钟爱的考古探险事业呕心沥血，在中亚考古探险中，常常从垃圾堆里挖掘被覆没的遗物，为无数面临绝迹的古物找回生命，应该说他是人类文明的功臣。

《百年敦煌》写道，无论在理论和实践两方面来说，斯坦因都堪称是国际敦煌学研究的开山鼻祖之一。他的中亚考古探险的成果，证明了该地区为中国文化与西方以丝绸之路为纽带进行政治、经济、文化等方面交流所做的贡献，也是当代敦煌学研究的主体。斯坦因一生勤于著书，除了实地考察外，所有时间都几乎用在了写作和整理上。他的关于中亚的考察报告与研究论著一直到现在仍然是敦煌学研究不可或缺、无法替代的珍贵的原始资料。

诚然，《百年敦煌》在给包括王道士、伯希和、斯文·赫定、斯坦因在内，开辟了敦煌学的人树碑立传。我不知道他们在敦煌学领域内的认可怎样，但从斯坦因详细的个人日记中可以看出，他是一位敬业的考古探险家，凭借着深厚的地理知识与舍身奉献的精神，他的足迹遍布亚洲腹地最艰险的很多地方。

车队披着金色的夕阳收工了，狗们开心地迎到路边，它们跑在车的前面，相互嬉戏斗架，比圆满收工的人还要兴奋。车停好了要加油，我和邹琴子揪面片子下饭。机手们走进帐篷洗手入座，曹国文说，吃饭，吃罢了喝两盅，今天好好敬胡国生两杯。

原来你还在

中午曹明说，一群狼，在山根子里疯跑，他刚想喊，又怕惊着了大家。他在车上放了一根铁棒，以防万一。曹国文也放了一根，不然狼来了拿啥打。

他俩把我们逗笑了，我记起刚来的时候曹国文说，等干完活了去雪山上看看。今天又说不敢去了，原来雪山也不是随便可去的地方。周浩走过来打趣，活都干完了，别再去被狼吃掉。曹国文听笑了，那可不行，不但不能被吃掉，而且还不能被狼吃一口，不然回去以后，人们会叫，狼吃的。

下午，邹琴子把冰箱里的羊肉煮上了，下午吃的手抓，但吃饭之前必须先去拉水和取菜，不然天黑了两样都干不成。于是便分了两批人马，我和周浩、曹明、曹国文去拉水。王延云和李斌、胡国生去原来的帐篷处取菜，那儿挖了一个地窖，我们的菜就储在那里。搬家的时候没动，现吃现取。

我们拉水回来得早，等取菜的来了一起吃羊肉。郑飞进来，揭开锅盖看了看说，肉你捞出来了吗？

邹琴子说没捞，就在锅里呢。

郑飞笑着说，锅里没肉。

邹琴子说，煮了一天了，肉沉到锅底了。过了一会儿她又说，肉没了是我吃掉了。

郑飞笑了起来，说道，吃肉你们咋不叫我。

邹琴子说，你准备好，这会子才吃呢。

曹国文欺负郑飞，这几天下午，你和胡国生不是不吃我们的饭了吗？所以我们再不叫你们了。

郑飞顽皮地说，吃肉还是要叫的，肉要大家吃。

等人都坐齐了，邹琴子才把肉捞到桌上，7个男人围坐在一起吃肉的样子很馋人，我便拿出手机给他们拍照。他们一边吃着一边议论，这里的羊肉尽管也香，但好像没有山丹的那么有味。

曹明说，这儿是雪水，长出来的草都是甜草。羊吃了甜草，肉也变甜了。所以没有山丹的味道浓，但却没有山丹的膻味大，也是好肉。

雪虎和炭豹、黑狗都睡在门外，直愣愣地看门里的人吃肉，眼睛里充满了哀求似的急迫。我们吃完才把骨头扔给它们，像扔一件用过了的东西。它们已形成习惯，每到吃饭的时候就等在门外，寸步不离，那架势像与我们在争平等。

我每天都要在草地上走一走，喜欢看脚下的草，它们因何在哈尔腾生长得安逸而滋润？

在我们帐篷周围生长的主要还是苜蓿、蒿子、马莲、沙柴、冰草、穗穗草等6种。这两天苜蓿已经枯败得不像样子了，霜说来就来，它萧杀了季节里花朵的招摇。蒿子还在努力得绿着，但显然底气不足。马莲黄得彻底，像一堆堆金发女郎，干净又灵动。沙柴和冰草都红了，它们和饱满的秋天在对话。只有穗穗草最多最广，一簇一簇围成家园，一根一根团团而坐，一年好像一生，等长够了就开始发黄，由黄再变成纸灰，直至干枯下落，那是成功一生的完美结束，接下来只等羊群的介入，让自己得到涅槃，成为行走的语言。

穗穗草是哈尔腾草原上的主要牧草，可以说，如果没有穗穗草，其他草类在哈尔腾成不了气候，那么，哈尔腾草原就是戈壁，贫乏得养不活羊群了。

我们现在居住的地方在72公里处，帐篷面向朝南，前后都是雪山，我们与雪山之间是草原和河流。公路在帐篷前面，东西延伸，它要翻过一个山梁又一个山梁，淌过一条小河又一条小河，才能走出哈尔腾草原。我们的帐篷西边不远处有一道很高的山梁，这边看不到那边的世界。而在向东很远的地方也有山梁挡住视线，大概在100公里处。所以，我们住的地方四面环山，天阴的时候，曹国文说，四下里的山头都黑了，明天要下雨了。

昨天下午我们一起去拉水的时候，他还在一路称赞天气，说如果再晴上个八九十天，我们的活就干完了，就可以顺顺利利回家去了。他说撒播的时候早晨太冷，白天还可以，但也已经不错了，如果变天了，那才叫受罪呢。我们又提起转场的羊群，他说这几天公路上比草原还热闹，车都是搬家的，今天他们见了一辆皮卡车去羊房子上，车里坐着个女的。

他一说到女的我突然觉得新鲜起来，对呀，30多天了，在这里我们没有见到过阿克塞的任何一个女人。这儿原本就是一个雄性的地方，空间和流水不知道山外还有樱花烂漫，柳绿桃红，因此粗犷而雄浑。

我对曹国文说，终于见了一个女的，太稀罕了吧。

曹国文说，这地方哪个女人愿意来呀？啥都没有。

我一听觉得话中有话，就说，我不是女人吗？邹琴子不是女人吗？

他把眼睛笑成了缝儿，故意说，是你自己要来的呀，既然回去了，谁让你又来了？

我说，我承诺了梁爷，不能食言，不然就是我们公司在食言。

他说，那就没办法了。

下午我和邹琴子在帐篷里聊天，门外来了辆车，3只狗使劲地狂咬。我们赶紧出门，看到2辆有行政标志的车已停到门外，车上走下一位穿黄大衣的男子，我认出正是8月20日我们刚来时来过的那位草原站领导。他似乎认出了我，笑着说，你好！

我回问，你好！完了又说，怎么样，我还在。我显出点小得意的样子。

他哈哈一笑，说道，原来你真的还在呀。

我说，是啊，这地方多好，在这里，我们的生活根本不缺简单。

他收住笑容，说道，是啊，这里确实简单，你们辛苦了。

他又问我们撒播的情况，我一一汇报。他又问山梁那儿堆放的种子是不是我们的。

我说，是的，是撒我们帐篷对面这一块草地的。

他说，这前面不是不撒吗？

我说，地图上有，要求撒。不过也不远，就撒到前面一些。

他说，你们经理呢？

我说，拉油去了。

他稍迟疑了一下，哦，拉油去了！

其实我撒了个谎，经理原本就不住在工地，我只能撒谎。

我担心他会去施工现场检查，也担心工友们因口径不一而露了馅。结果他说要去哈尔腾的后脑勺上有事，我们的施工现场今天不去。最后他又一次交代了一番安全事宜，带队走了。对视察施工现场好像忘记了似的，倒是安顿了一番安全事项。

黄羊和青羊一跑就到家了

　　虽然我们厌烦着平庸，却又离不开平庸的陪衬，生生息息相互依存，朝朝夕夕共建尘世间的美好。至于一个人在人间能不能独处，那确实需要一种能力，既不让自己饥饿，又能对生活满意，确实不是一件容易的事情。

　　人因此离不开家，当然，我指的家，不仅仅是小家，还有家园的意思。

　　我的电脑电池只能用两个小时，要想充电，就得用发电机。为了整个晚上取暖，所有的电线都接到甲方的柴油发电机上了，我们的汽油发电机没法使用。再说汽油也只剩下两桶，一桶要留给面包车，一桶要留给发电机备用。为了不把人冻坏，柴油发电机一个晚上都开着，以供小太阳和电褥子用电，而到白天就停了，不管帐篷里是冷还是暖。

　　因此，我白天只能用两个小时的电脑。有时候郑飞用电饭煲焖米饭把发电机打开，还能充上半小时左右，如果不开发电机，我就只能等到晚上8点才能充电。我不得不在白天睡觉，早晚加班把每天的日记写完。

而事实上早晚没有干扰，也是极好的。只是在这个时候，我的情感往往会很复杂，写着写着就会想家，想孩子。此时我感到无比孤独，虽然也喜欢这样的孤独，但孤独中的那股悲凉却难以抑制。我只能把这些当作恩赐，在哈尔腾神圣的夜晚，写下密密麻麻的文字，方才觉得踏实。这些文字是我来过的见证，也是支撑我在哈尔腾所有快乐和超越焦虑的唯一寄托。这儿没有浪漫，没有神话般的温暖与希望。也正是在这里我才明白，但凡涉及利益的事情，就像果子，要坏都是从内部开始变坏。狗也是一样，即使最亲的伙伴，它们在抢食的时候也会互相乱咬。人往往比动物还有更多的心计，有时候比狗不让食还可怕三分。当一个讲知识并尊重知识的人被丢到物质的纷争中时，那就是蚊子的血源，而被嗜血的同时，还会要命。

我在每天中午的饭后都要在草地上走一走，等下午出工的人走了我才回帐篷午睡。这时候即使走远一点也不会害怕，因为我总感到身后还有归处。

我在帐篷后面的草地上走了很远，哈尔腾草原上有无数种石头在陪时间散步，它可能会陪到天荒地老，也可能只是擦肩而过。那些石头白得洁白，黑得油亮，红的镶嵌在白色之间，有着鸡血的结构，带着稀罕的鬼脸。还有无独有偶的对接，青白相镶，让人垂涎。还有石头滩，碎石各种各样，像是古遗址留下的残垣，除了石头，别的什么也没有。高一点的石头滩上有洞穴，没有发现任何鼠类，许多蜥蜴从洞里进进出出。它们不怕人，倒是我有点怕它们。哈尔腾的蜥蜴又细又长，憨憨的。它们不会一下子跑得很远，只是与人保持着一定的距离。你前走几步，它们也前走几步，你不走了，它们就停下来看你，从不主动靠近人，很守规矩。其实哈尔腾的野生动物都不主动靠近人，它们见到人是害怕的，总会远远地走开，它们最懂得井水不犯河水的道理。我熟悉了哈尔腾的大概情况之后，胆子就大了，敢一个人在帐篷外很远的地方走动，并在夜晚不打手电可以去另一个帐篷。

今天中午，我正在后面的草地上研究石头的时候，突然看到了三四个黑点向我移来，我顿时惊得一身冷汗，掉头跑回帐篷就喊，你们谁的眼睛好，出来看一下那是什么？

曹明出来看了看，说，是马。

我再三问他，确定是马？还是其他什么？

曹明说，就是几匹马，还能有啥。

我知道他不会说吓人的话，但还是害怕，万一他看错了呢？如果是其他野兽，他们出工了我和邹琴子可怎么办？

正好所有人都走出帐篷准备出工，我对郑飞说，你们的望远镜借我看看。

胡国生厉声呵斥郑飞，还不快走。郑飞就跟着他走了，临走时说，我也不知道望远镜放哪了。

我觉得好无趣，便不再去想。生死富贵，听天由命。我相信我们都不是坏人，即使狼来了也不会吃我们的。如果实在有一场遭遇，那就让它们吃好了，学个古印度王子以身食狼，将来在哈尔腾成佛，普度一切生灵。

可那些黑影再也没有出现，反而给我留下了遗憾。

阿克塞城门上的那2匹马至今都令我神往，俊美的身子，矫健的跳跃。真想驾驭它们，驰骋在哈尔腾草原，追赶黄羊。

今天下午车队收工已经8点了，天黑下来时，还没有回来，我们有点着急。站在外面看了又看，看不到车灯便不由得胡思乱想。是车坏了吗？还是在赶工呢？或者遇到了什么意外？不可能啊，他们一共6人，除非遇到狼群？又一想，不可能，狼还比人胆子小呢，他们看到四轮子会害怕的。

说来就来了，5个明亮的车灯接二连三地向帐篷疾驰而来，我的心一下放在了该放的地方，长舒了口气，然后，跟着狗们迎车队去了。

车队回来还要加油，加好了还要用塑料和空编织袋把车包好，否则第二天早晨发车很困难。

邹琴子欺负他们，故意说，还以为都被狼吃掉了。

所有人都哈哈大笑起来，说，女人的心比狼还狠。

接着曹国文又说，狼来了有羊群呢，那么多羊，狼不会先吃人的。

说归说，但人的心里还是揪着疙瘩，为出工的人担忧，也为夜间的篷居害怕。

原来他们在撒剩余的那个三角塆子，撒完才回来，所以迟了。明天该撒山头了，再不去那个三角塆子了。

机手们洗过后开始吃饭，饭后就坐在一起打麻将。只有李斌不爱打，早早就睡了。另外4个真是赌徒，昨晚打到11点还不睡，我就在帐篷里喊，周浩，周浩，早点睡吧，明天早上还要早起呢。结果今天早上刚起来，曹国文就向我讨账，说昨晚刚做了20块钱的庄，我一喊只好收场，让他赢家变成输家了，我得赔他。他还很夸张地说，20块呀。故意把20块拉得很重。

我说赔就赔，但你们必须得按时睡觉。他们都不说话，只有王延云呵呵笑着，我估计他又赢钱了。

23点时，我的日记还没有写完，所有人都睡了，邹琴子还在热她的剩饭《知否，知否》。都不知道几遍了，每天晚上看，有时没有声音，有时候声音很大，影响我写日记。还有离帐篷100米之外的发电机也一直响着，它要响一个晚上，特别吵人的。

雪虎和炭豹的声音在门外时有时无，以至于使我再一次坚信哈尔腾的夜晚并不安静。我不知道它们看到了什么。但曹明说，一般都是狐狸，这地方晚上狐狸一定很多。他们在撒播的时候就见过几次狐狸，红色的毛，大尾巴，顺着山沟跑，像一团火焰在移动。

我把他们称作幸运者，因为他们总能看到野生动物，看到一般人想看都看不到的东西。狼和狐狸我都没有见过，到哈尔腾不见一次这些神们，算是白来了。

周浩说，又见到了 20 只黄羊。

我说，你还数了啊，20 只能数出来吗？它们一直在活动。

他"嗯"了一声，笑得像个孩子，说也就数个大概，差不多就是 20 只。

去阿克塞的途中我见过黄羊，不过是坐在车里看到的。青羊也见过，也是在车里。它们都是草原上的精灵，跑起来像飞一般。我对它们充满了羡慕，一跑就能到家。而此时，我的心又变得孤独起来。孤独是病，是一种憩息在内心深处不易愈合的病。离家近了就不孤独吗？不，绝对不是那样。孤独的人在家也是孤独的。谁能给她一剂良药，能让她的孤独从内心消弭于无形呢！

把车灯打开

即使我再被闲置,早晨出车的时候我依然会走出帐篷送他们出工。光线好的时候,还会给他们拍照,给他们留下每一天的生活记录,不管是模糊的还是清晰的。

早晨 6:40 出车,天还黑着,东边的山背后微微亮起薄薄的红光,山的轮廓看不清楚,但有红光说明天气晴朗。周浩、曹国文、曹明的车从前面直接上了油路,车灯开着,把前方照得一片通明。李斌和王延云紧随其后,车灯都没有打开,我对他们喊,把车灯打开,把车灯打开。

王延云从草地上的便道走了,他似乎没有听到我的喊声。车灯始终没有打开,也可能他的内心如灯,即使不打开车灯,他一样也能够把车开好。

我的思绪一直不能平静,我在帐篷外散步,让哈尔腾的晨风吹着我,让我再看看草地上的石头和小草。过些日子就要离开了,我的哈尔腾之梦,在晨光之中,还是在石头与小草之下呢。

今天撒播的地方是最难啃的一块骨头,就在帐篷后面、远看像乒乓球案子一样的山头上,东西北三个方向都特别陡峭。当初和梁爷商量过,陡峭处不行就不撒了，向上面汇报一下，那地方太危险，根本就没法撒。可后来胡国生说，上面的意思非得撒，如果车撒不上，就让人工撒，不然将来验收过不了。

那山头我去看过的，即使人工撒也有撒不到的地方，十分陡峭，几乎垂直。若非得让撒，迫不得已就要攀岩，背着袋子一寸一寸撒播。那样就有点像游戏了，是在做给谁看，还是满足自己的成就感呢？纵然想挑战极限，也不至于不顾别人的安全。再说，这样的游戏好玩吗？即使找到了成就感，那山壁上就真的能够长出草来吗？

自从那天吵完之后，胡国生不和我说话。我也懒得理他，只好让大队长王延云和他沟通。如果风险太大的话，要有自己的主见，一定不能盲目服从，以求整局平安竣工。

我站在帐篷后面看那山头，一个人影子都看不到，撒播队伍不在视线范围之内。那座山看起来很近，实际却非常远。看山跑死马，远就对了。远是一片荒芜和寂静，早就超出了我的视线范围。

早晨10:30时，胡国生送郑飞来焖米饭。

邹琴子对他说，今天下午吃馒头，不要焖得太多了。

郑飞"嗯"了一声，焖上米饭回帐篷去了。

很长时间了，只要我们吃面条，胡国生和郑飞都不吃，他们单另焖米饭吃，说面条不熟，吃上肚子胀。我就纳了闷了，羊肉焖卷子吃上咋不说肚子胀呢。那卷子相比拉条子又厚又硬，非高压锅不能做熟，而邹琴子又不会使高压锅，就常常用大铁锅焖，但再怎么焖，高原压强是不变的呀。

郑飞每次焖米饭的时候把下午的也一并焖上，下午有菜了他们就拌着菜吃凉米饭，没菜了就用火腿肠和鸡蛋炒上吃。他们的肚子可真是奇怪，面条吃上胀，凉米饭吃上却不胀。

邹琴子也爱吃米饭，每天几乎都跟着他们吃，甚至还吃隔夜米饭就肉菜。

135

我问她，你的感觉怎么样？肚子疼不？或者胀不？

她说，不疼，也不胀，好着呢。

我说，相比面条什么感觉？

她说，比面条香。

我打心底里佩服她长了一个石头胃，像这哈尔腾一样，也属石性的，专吃又粗又硬的东西。

我在哈尔腾这段时间，胃似乎也变大了，饭量和他们不分上下，也没出现过啥毛病。胃胀、胃酸、胃痛可是我在家里老犯的毛病，时间长了，人们都把我当成一个有胃病的人。包括我自己，也老说自己胃不好。在哈尔腾就这么奇怪，我一直思索着原因，却得不出别的结论，唯独能够说服自己的就是这里海拔高，压强低，人的身体在低压强的条件下会相对松弛，各个器官的压力就会减少，因此能力增强。也只能这样说了。这也是我第二次义不容辞回哈尔腾的原因之一。而且我还想，此生也就一次，以后再也不会有机会到这里来了。我对这个地方产生了感情，往后余生，它将是我的记忆中抹不去的一个重要部分。我会时常想念它，并为它做梦，梦里再回到这里，再住这个帐篷。白天，我坐在小桌子上写日记，抬头便能看到门外的雪山，它会给予我莫大的神谕和启示。晚上，我在帐篷里听哈尔腾的风声，包裹着狗的叫声，想象哈尔腾的夜晚，有多么的不平静。

早晨的撒播工作是在那条河坝和那个山头展开的，河坝颠簸，十分费劲。山头上还算可以，陡峭处还是要人工撒的，他们都这么说。

这几天反而热了，和我们刚来的时候一样热。男人们吃完后就坐在帐篷外面的空袋子上消食，一会儿又走进帐篷，直条条躺在床铺上，也不闭上眼睛睡觉。

曹国文说，昨天他们看了，还得十几天才能撒完。

我一听，心里嘀咕，那不是要超期吗？

我等着王延云说话，可他一句也没有说。

与神灵共居

　　大帐篷的男人们都说，昨天晚上帐篷外面来人了。他们听到了脚步声，起初以为是我们两个小帐篷的人出去方便，没有在乎。但那脚步声一直在不停地走动，从帐篷前面走到帐篷后面，又从帐篷后面走到帐篷门口，然后又走……

　　我说我也听到了啊，邹琴子也说她也听到了，都以为是胡国生起来方便呢。方便也不至于深更半夜的跑到帐篷后面去尿吧，一出门哪儿撒不了一泡尿。

　　脚步声很清晰，也很匀称，我们在那么黑的帐篷外，绝对不会走得那么从容。再说我们的狗怎么不会咬呢，或者我们的狗怕那声音？再说了，这么远的地方，要来人也必须得开车。而更奇怪的是我们并没有丢什么东西，难道那脚步声只是来看看，仅此而已？无论哪种说法都解释不通，索性也不解释了。总之晚上都要小心，尽量不要出门。迫不得已要出去的话，必须叫上伙伴，碰上野兽不好，冲撞了神灵会更加不好。在哈尔腾，我们与神灵共居，我们需要关切的时候，他会给予我们力量。

当有人暗自悲伤的时候，他会出现并与之交谈。只要一个人的善念还在，灵魂就会不断出生和成长。

深夜是智慧的海洋，一些清晰的声音，便是深切的话语。"精神的主人不停地重复说，上帝要我们具有灵魂。要弄清这句话的真正意思，我们一定要记住，不论我们的哲学怎样的阐述它的独立的创造，人的灵魂从出生到成长，是不会与它生存在内的宇宙分离的，在这个世界上每一个灵魂都以一种独特的不可交流的形式集合而成，每一个灵魂里都蕴藏着上帝的爱，上帝因爱而在某种程度上拯救了整个世界。"故而，我们决不能俯首帖耳听从命运的摆布，要不断地塑造灵魂，生活才具有意义。

我在帐篷后面的草地上散步，突然看到了一只羊的头颅，眼眶空大，似乎替所有的羊唱着挽歌。还有羊腿骨、膝盖结、一团一团的羊毛，骨头上还有油渍，但没有血迹，这令我很是疑惑，难道是从另一个地方拖到这里来的？那怎么会有那么多的羊毛？如果说这里就是搏斗现场，可搏斗的痕迹在哪里？再说这里没有羊群，哪里来的猎物？最后我想，一定是从山根处的羊圈里逮到了羊，叼到牧羊人追不上的地方来吃，一路走，一路吃，奔行五六公里，血流干了，肉吃完了。那么是什么东西叼了羊呢？它会不会与我们昨晚听到的脚步声有关？

不管怎么说，晚上有必要开会，再强调安全问题。人容易在低风险的情况下失去警戒心，久而久之麻痹大意，渐渐忘记了初心。

今天下午要拉水，吃中午饭的时候邹琴子就吆喝上了。她说，下午你们早点回来，得拉水了，不然要熬干锅了。不知谁说了一声，拉就拉嘛。

胡国生4点半送郑飞回来。我原本想和他俩去拉水，让干活的人安心把活干完了再收工。可他根本不理我，送下郑飞掉头就走了，直到晚上7点，才和大伙儿一起回来。

天已经黑了，再黑也得去拉水，不然明天真要熬干锅了。我们5个人去拉水的时候，王延云还在盖车，曹国文说，人家是"总篡风"，拉水是我们这些小卒卒的事，我们去拉吧。他又对我说，你也不用去了，去那么多人也没用。可我一定要去，因为这属后勤的事，我是后勤人员，能干多少活另说，积极参与是态度的问题。好在拉水的地方现在近了，只走两三公里就到了，不像刚来的时候，要走10公里路。

拉水的路边有羊圈，但没有羊，羊还在夏牧场。我们拉水的河边有上好的草场，一尺高的青草，丛中有马莲，有苜蓿等多种植物。这里土壤肥沃，河水清甜，长出来的草儿又肥又美。我想，如果是羊群就在其中，那么，真正的风吹草低见牛羊是不是就在这儿了呢。一个个羊圈又大又严，保护得很好。羊圈的旁边有房屋，尽管有的拆了，但住人的地方还留着，比哈萨克的帐篷宽敞多了。这儿分明住过一部分牧民，或者就是一个村子，那么多被遗弃的房子便是证明。是的，以前哈尔腾草原上到处有牧民的家，后来政策好了，政府召集全部搬进了阿克塞县城，这儿就成了历史的一个旧址。

哈尔腾大河慢慢开始变小了，沙石露出了水面。石头结束了圣水的沐浴，准备着以崭新的面貌度过冬天，它们又要见证哈尔腾的寒冷里，有多少锋利的刀子了。

听说河冬天就完全干了，像那些荒滩里的干河坝，只有石头。幸亏有这眼泉，暂时还断不了我们的炊烟。但到了冬天，纵使哈尔腾的水再多，却再也不愿意留人了。

他们4个人一条龙干活，曹明灌水，递给曹国文，曹国文接龙，递给周浩，周浩接龙，递给李斌，李斌接龙，倒进水桶。这些干活的能手，不但有好的身手，而且还有好的方法。拉一桶水对于他们来说，就是小菜一碟，只不过他们白天都在干活，只好晚上拉了。

既如此，我们不得不节约用水。我的衣服不洗，头发不洗，晚上的烫脚从每天1次变成了3天1次。把脏衣服装起来，把长头发塞进帽子里。脚不会很臭，这是秋天。身子不会很脏，都穿着厚厚的衣服。洗头风大，洗衣服没地方挂，烫脚太矫情，洗澡是神话。在神灵居住的地方，一切都是干净的，不管是凡尘，还是肉身。到了哈尔腾，就具有了天宇的纯洁，为这里奉献的人，便是这里最洁净的神鹰。

拉水回来的路上，我告诉大家，我把他们写成了小草的命运，石头的意志，草原的灵魂，雪山的精神。

曹国文说，有本事再把我们写成大雪山，一年四季岿然不动，注释着宇宙大地。

大家都笑了，车子颠簸着，水在桶子里发出强烈的撞击声，像是为自由在彻底抗争。

如泣如诉的歌声

我在阿克塞街头遇见过一位弹唱的老人，他眼睛瞎着，旁若无人地弹着冬不拉唱歌，仿佛只唱给自己听，有没有听众他都在唱：

人留儿孙草留根，什么人留下个人想人。
哥是天上一条龙，妹是地上花一丛。

我听着很有意思，停住脚步听他唱：

十股子眼泪九股子淌，一股子连心把你想。
前半夜想你点不着灯，后半夜想你翻不过身。

我的心里突然难过起来，却又不想离开。

源头上浑起的河水，倒进水银也不会澄清。

钻天杨一经折断，用金子也接不起来。

　　我的眼泪快要流下来了，不是歌词，是那如泣如诉的歌声，像针钩儿一样钩疼了我的心。

　　老人还在唱着，可我要离开了。

　　阿克塞没有菜市场，都是在店铺里卖菜。菜很全，也新鲜，基本都带着水果一起卖，相对比较方便。

　　我问菜老板唱歌的老人是什么人，他唱歌为何那么悲切。

　　菜老板说，那是一个疯了的人，很早以前，他喝醉了，老婆去放羊，不知道咋染上了鼠疫，被隔离起来，两天后老婆死了，他没有再见上一面。老婆火化的那天他疯了，他说老婆没有死，眼睛一直望着他。后来他就真的疯了，在大街上又叫又唱，整个阿克塞都是他的歌声。

　　回到草原我好像一直在梦幻之中，耳边总是响着那个老人的歌声，没有吃饭早早就睡了。迷迷糊糊不知过了多久，我被帐篷外面的狗叫声吵醒了。狗的叫声连成一片，远处的应和，近处的厮打，数量绝不仅仅只是3只。我吓得坐了起来，邹琴子也坐了起来。听了一会儿，邹琴子蹑手蹑脚下了床，她用手按住门帘，悄悄地听着。

　　狗声突然停止了，就像闸门突然关闭，一切都静止了，静止得干净利索。

　　所有人都说是狗，不知道在抢什么。只有我和邹琴子听出，不是雪虎，也不是炭豹，但它俩的叫声也在里面。好像是黑狗和那只小狗，不是互相搏斗，就是在合起来咬什么。男人们都说，可能又来了一只野狗。

　　早晨，发电机按时8点自动熄火，不用我们去关，我们的小帐篷冷了起来。我用羽绒服盖住膝盖，脚还是有点冻。我套上了两双袜子，继续看书和写日记。10点半胡国生准时来送郑飞。郑飞把发电机发着，小太阳亮了，帐篷内慢慢又热了起来。前两天都夸天气好呢，今天就冷了，风从早晨开始，不那么猛，但刮到身上却很冷。

今天继续撒山，陡峭处车上不去，只能人工播撒。没撒的区域所剩不多了，我们计划三五天撒完，之后就大功告成，全员胜利返回。

周浩的眼睛四周被风吹得像火烧了一样，让人心疼。王延云说他戴的帽子没有帽舌，因此，即使戴了脖套，再戴着针织的帽子，早晚又加了棉帽，但眼睛的部位仍然遮不住。

从中午开始，他就使劲揉眼睛，我知道又是星星草的种子刮进眼睛里了。他才29岁，这应该是第一次与他爱人分离这么长时间。他来哈尔腾的时候小女儿才7个月，回去孩子就快9个月了。前几天我回家的时候问他有没有需要带的，他说把我的小娃娃给我带来。后来我给他带了孩子的照片和视频，他看着笑得眼泪都要掉下来了，看完对我们说，这么快就长大了。

周浩是我的外甥女婿，比我的儿子大5岁，他21岁结婚，22岁当上了父亲。结婚以后就在工地上当架子工，一天能挣500块钱。但又苦风险又大，他亲眼看到工友从身边的架子上掉了下去的事实，可他仍然干着。后来他媳妇到我们店里干活，他就常常来店里玩。我们发现他心灵手巧，勤快能干，便把他留下当我们的司机。

事实上他什么活都干，碰到什么就干什么。几年下来，他便成了我们的骨干，一直到现在。周浩会修车、电焊、开车、营销、电工、家务，会的太多就成了能者多劳。在工地上，电焊常常把眼睛烧伤，就像这几天被风吹伤的一样，令人心疼。他用茶杯盖上的玻璃照着看眼睛，不知看清了没有。我有镜子不想给他，最好让他不要看见，即使看见也没用，我们谁都没办法为他取出眼睛里的草籽。

我说，周浩，你媳妇知道了会心疼的。

邹琴子也说，你妈知道了也会心疼的。

周浩只是笑笑，他每次都这样，只是很腼腆地笑笑。

午饭的时候，王延云告诉我说，7号干完，8号装车。你们就把时间掌握好，8号早晨起来就拆帐篷，赶中午收拾好就走开了。

我开始计划找车，能装下5个四轮子，最少17米长，拉我们来哈尔腾的那种。这样，6号我就得去阿克塞与信息部联系，如果顺利的话，当天把车找好，7号早晨就可以带着车进哈尔腾了。然后住一晚上，第二天早早起来就开始拆帐篷。

一说到回，我反而有点舍不得了，感觉太快了，说走就要走，就这样到此为止了吗？我突然怅然若失，我的哈尔腾之梦还没有变成绿洲，我在这里的探秘才刚刚开始，而50天让我们形成的习惯，把这里已当成了家……

但最令我伤感失落的是，要再次回到拥挤的人群中去，继续变成彻底失语的孤独者！

午饭的时候我问胡国生，前天晚上你们听到脚步声了吗？

胡国生说，没有。

我说，这几天晚上要小心一些，把门拾掇好。

胡国生说，好。接着又说，不过昨天晚上可能是狗咬狗呢。

我说，刚开始没听出来，后来戛然而止，就猜想可能是狗和狗。

下午回来后胡国生对我们说，他和一个放羊的聊了一下午，当金山那儿一个放羊的昨天死了，不知道传染了什么病，阿克塞戒严了，北不让通敦煌，南不让通青海。

胡国生又说，也许是放羊的闲得无聊，胡编呢，编的倒像真的一样。

我们都问，编的啥？

胡国生说，一个放羊的死在雇主家里了。那个雇主是个哈萨克人，放羊的病了，哈萨克人让放羊的住在家里，谁知他晚上一直发烧，烧到第二天，医生说是啥传染病，被隔离了，所有人都在检查防疫呢。

邹琴子突然神经兮兮地问，那我们回去的时候能不能过去呢？

所有人都哈哈大笑起来，笑她真是个傻女人，还真的当真了呢。

胡国生说，哎呀，就算是真的，我们回去还有那么长时间呢，路一直封着，公家也会为我们着急的。

我突然灵机一动，来了个鬼点子，我说，既然有了这样的传言，我们何不借机也来个真的？

胡国生蒙住了，看我半天，问道，什么真的？

我说，我们后天不是要去阿克塞买柴油吗？就当是阿克塞戒严了，咱们去青海这边的大柴旦买吧，在这儿待了这么长时间，难道就不想换个地方去散散心？

胡国生哈哈大笑起来，说，咋和我想的一样。这么久一直走一条路，快要走成勺子了。

河坝里有个小帐篷

胡国生和郑飞拉发电机的时候，我坐上他们的车去了工地。

车拐下公路，在种子垛旁等撒播的车辆。原来它们是从公路边一直向北撒上走的，一直撒到北端的山头上，然后返回。每次上山，车上都要带足种子，到对面加到仓里，然后再撒回来。上山的时候必须要加大油门，而且一脚踩到底，一鼓作气冲上山去，否则就有生命危险。下山的时候不能用刹车，要用制动控制，否则种子撒不均。这样一来，上山下山都特别费油，一个来回起码多费2公斤油。

我站在地上瞅着他们，由于太远，什么也瞅不到。郑飞在车里看手机，胡国生步行去了沟槽的另一边测量距离。不得不承认胡国生是一个好工头，他对工作的认真负责远远超过他的为人，他把自己要干的工作总是筹划得井井有条，从不出差错。这两天他有点变了，吃晚饭的时候，和大家的关系突然变得和睦了，一起划拳喝小酒，也一起打麻将。

终于看到了撒播的车辆，5个黑点，但看不清楚是在去的路上，还是在回的途中。看着看着又看不见了，一会儿又看见了，黑点飘忽不定，那是在过沟槽呢。

胡国生已等在终点，等车队过来，他指挥着来回补撒遗漏的地方。补撒完了，车队又排成行向山根子里撒上走了。

看着车队远去的影子，我问胡国生，你去过沟槽里的那个小帐篷吗？

他问，干啥？

我说，不知道里面是个什么样子？

他说，里面打着地铺，放着一个小炉子。

我又问，那放羊的咋吃饭？

胡国生说，用高压锅。

我问，这个放羊的是哪里人？

他说，是天祝的。接着又说，才30岁，媳妇离了，有个7岁的女儿在老家。

我说，是不是他们中大多数人的家庭都不好？

他说，就是的，都为了挣钱。在这里不花一分钱，到年底净拿七万多块钱，工资很高。那个天祝的带上媳妇来过，白天他去放羊，媳妇一个人待在帐篷，过了一段时间媳妇说什么也不待了。他就想在敦煌给开个铺子，从家里凑了12万块钱，全部给了媳妇，谁知媳妇背着钱跟人跑了，还给他留下个7岁的娃娃。

他接着又说，那边的羊房子里还住着一个20岁的小伙子，也放着一大群羊，一个人晚上就在那个羊房子里睡，也是为了挣钱，挣够了回去娶媳妇呢。

我说，两年就该挣一个媳妇钱吧，也挺快的。

胡国生说，还要买楼房，买小车呢。如果家里没能力支持一把，驴辈子才能取上个媳妇。

我不喜欢胡国生这一点，说话像仇人，也像个巫婆。

哈尔腾长廊

我终于厘清了哈尔腾长廊大致的地理情况，就在今天凌晨，习惯性早早醒来的时候，我仍躺在床上，拿着手机看百度截屏里的哈尔腾国际狩猎场。

哈尔腾长廊是我叫的，它确实是一个长廊，两面夹山，而且很长，我也把它比作一个缩小版的河西走廊，特别形象。当金山为祁连山尾域，在阿尔金雪山以东。沿3011柳格高速，向西北方向就是阿克塞，向南是青海，向东是有名的哈尔腾国际狩猎场。从加油站向东行驶64公里便是阿克塞的老建设乡，现已改名为阿勒腾乡，阿勒腾乡已搬迁至阿克塞，那里只留下了废弃的房屋。整个长廊内只有建设乡有移动和电信的网络信号，相加不到5公里远。长廊的南北山脉近似平行，从而形成哈尔腾长廊俊美的一部分。从加油站行至33公里左右，两侧山脉开始变得狭窄。南边是有名的土尔根达坂山，山顶有厚厚的积雪。与土尔根达坂山并列的是哈尔腾山，山顶也有雪，但斑斑驳驳。哈尔腾山下是哈尔腾大河，汇聚着长廊南北山脉的雪水，流过阿克塞，流向青海省。

哈尔腾大河春天融化，夏季流量增大，秋季慢慢减少，到了冬季完全干涸。在哈尔腾草原上，所有横七竖八的干河坝，都是世世代代雪水行走过的痕迹。随着全球气候的变化，雪峰雪线慢慢上移，有的河坝彻底干了。有的时断时续，随降水的大小而复活，或死亡。在哈尔腾狩猎场东端，好像所有的河坝都已干涸，只有中下端的支流，漫过公路，流进哈尔腾大河。而在深秋，我们经过那些漫路河时，早晨还有清清的溪流，到了下午，漫路河却干了。凡是经过公路的河水，都在公路的南侧做了"跌水"，以保公路不被拉断。凡是经过的车辆都从水里穿过，冲起一片水花。哈尔腾大河南北都是草原，北边的比较宽阔，占哈尔腾草原的主要部分，叫大哈尔腾。大哈尔腾中间有一条公路，是纵向穿过哈尔腾狩猎场的唯一通道。我们在公路的北边，于72公里和80公里处分别扎过帐篷，均离后山五六公里的距离。后山是党河的南山，可看见断断续续的雪峰。过了南山就是肃北，肃北以西是党河水库，属敦煌管辖。

　　哈尔腾国际狩猎场两边的山里野生动物成群结队，我们看到过大群的黄羊、青羊、马群，还有鹿、狼，等等。食草动物到了秋季特别肥美，骆驼的峰子像灌满了铅，直挺挺硬邦邦的像憋满了天机。有一只走失的黄羊，被护栏挡住了去路，听到我们的喇叭声，左突右冲地想逃走，却被铁丝网像皮球一样弹了回来，看着它满身笨笨的力量而不会使用时，我们哈哈大笑起来。

　　哈尔腾草原上常见的动物有黄羊、青羊、狼、狗、鹿、鹰、狐狸、旱獭、马群、驼群等，它们有的栖居在山里，有的在草原上游走，不是因为饥饿，就是因为迷路。靠山的草原上常见马骨、牛骨、羊骨，有的还带着血迹，也常常碰到完全白骨化了的盘羊的头骨，它的角那么美，却不允许带出哈尔腾。依山的地方几乎一里就有一个羊圈，都是成百上千只的羊群。放羊人几乎都是雇工，他们常年以羊和狗为伴，大多数家庭不健全，不是媳妇跟人跑了，就是放羊回去媳妇离了。他们之所以还留在这里，就是为年底能够一次性拿到 7 万多块钱的报酬。他们常年生活在这里，对于狼并不害怕。狼也懂得人不好斗，弄不好就会引火烧身，所以不轻易伤人。能威胁他们的也就只有狗熊了，他们都有了防范的经验，随身都带着火。所以，当有一天你路过这里，请别借走牧羊人身上的火，那是他们最后的武器。

去 大 柴 旦

  梁总早早嘱托，让胡国生买一只羊让我们在草原上庆祝祖国生日。
  几天前我们就计划好，国庆的头一天出山买羊和柴油，而且去大柴旦，不去阿克塞。由于大柴旦比阿克塞要远一些，所以得早点走，早去早回。当车快到3011柳格高速路口的加油站时，郑飞却突然说驾照和身份证忘带了。我们一时无语了，怎么能开这么大的玩笑呢。
  郑飞小心翼翼地问胡国生，要不要返回去取？胡国生气急败坏地说，130多公里呢，来回5个小时，猪脑子。到底继续前行，还是就地返回？谁也拿不定主意了。车子停了会儿我说，继续走吧，我有驾照。可我没有开过手动挡的车，郑飞得给我教。于是大家决定，车还是先由郑飞开着，到检查口的时候我来应付。郑飞就在车上开始给我教，我一一点头记着，可转眼却又糊涂了。
  路上有了手机信号，我从朋友圈看到，举国上下都在庆祝祖国的70诞辰，顿时激动不已。可惜70周年大阅兵看不上了。
  去大柴旦的路特别平坦且宽敞，说是高速，两边没有护栏，其实也没什么可护的，两边都是一个水平线上的荒滩。经过一座又一座山，看到一处又一处风景，到柳格高速大柴旦出口的时候，已是11点多钟，和到阿克塞的时间差不多。高速路口有3个加油站，柴油在这儿就可以买到。但我们还要去买羊和过节的东西，就必须得去大柴旦镇。

郑飞突然叫我，吴总，吴总。

我抬头一看，才明白前方查车。

我坐到了驾驶座上，按路上郑飞临时教的方法开车前行。到了检查站，郑飞和胡国生下车去了检查室，他们要报上自己的身份证号，通过网络系统验证才能通过。我把车开到两个警察跟前停下，并递过装有身份证和驾驶证的皮夹子。警察看了一眼，说，先到那边停车。我开始启动车辆，可是启动不了。那警察回过头来喊，把车开到这儿来，让后面的车走。可我的车仍然不走，我有点紧张。那警察又走回来不住地喊，让你把车开过去，听见了没有？

我还在一边松离合，一边踩油门，车子还是不走。警察走到我跟前看了看说，手刹，手刹。郑飞没给我教手刹，手刹怎么操作？

那警察冷冷地问，你有驾驶证吗？

我说，有。

其实我刚才掏身份证的时候他已经在我的夹子里看到驾驶证了。我还在摆弄着，郑飞突然从检查室出来了。我喊他，快点。他就赶快坐到副驾驶上准备给我松手刹和挂挡。那个警察问郑飞，你有驾照吗？郑飞说，有呢。我一想完了，他是有，可没带。心还没来得及拔凉，谁知那警察说，你把车开过去。我一听，眼睛亮了，赶快下车，坐到后面。郑飞从副驾驶坐到正驾驶，这关就算过去了。

到了大柴旦镇，买肉、买菜、买生活用品，买好了吃饭，吃过饭便返回高速路口买柴油，油买好又要通过那个检查路口。

车队很长，郑飞在副驾驶上给我指导，到了跟前他下车去登记室。

我开着车走几步停一下，再走几步再停一下。一直到检查处，一切都很正常。检查通过后，车辆刚起步就熄火了。站在车旁的警察说，不要紧张，慢慢开。我示以微笑作为答谢。我在大脑里回忆着郑飞教给我的开车步骤。另一位警察向我走来，这位警察对他说，你别过去，人家有点紧张。我一听好感激，正是在这样的鼓励下，我把车子顺利地开到了安全地点。

我下车和郑飞换座，同时向检查口望去，那儿一切井然有序，两位警察正在投入查车，并没有看见我们换了司机。

回来的路上我一直在打电话，给家里打，给梁总打，挨个儿给队友们的家人打，打不通就三番五次地打。给婆婆和女儿打，给我妈打，我妈打不通，又给弟弟打。给朋友打，给远在成都的儿子打，三番五次地给老板打，把我整得蛮紧张，都没来得及多看看路上的风景。

第一个打通的是曹明的妻子，她正在山东回山丹的火车上。她问我草原上冷不冷，我想了想说，和山丹差不多。我告诉她，我们 9 日下午就到家了，她很高兴，临了对我说，你去了给曹明说，丫头和娃娃都好着呢，我也好着呢，让他放心。

曹国文妻子的电话一直打不通，我想可能是在地上干活听不见。

我又给周浩的媳妇打电话，她说正在看我的朋友圈，一切都好。

李斌和邹琴子儿子的一直打不通，快到加油站时打通了，原来他出车去了，出车的时候不允许接电话。李斌的儿子是兰州铁路局的职工，在铁路上开火车。出车和出车前睡觉的时间都不让接电话，纪律像铁一样硬。

我打给女儿的电话是我婆婆接的，也只能打给婆婆，女儿没有手机。和婆婆相互问过之后，才知道女儿跟着表哥去姑姑家玩了。一会儿女儿又打过来，说是又跟着哥哥回来了。女儿的声音让我的心安静了下来，听着小丫头说这说那，好像她就在眼前，我的眼睛湿润着。她说明天要和同学们一起出去玩，我问都是谁，要去哪里玩，丫头言语含糊，我心里不踏实，就建议她待在家里看电视，别出去了，等我回去了再带着她玩。丫头很听话，很快就答应了，我才放下心来。

母亲的电话一直打不通，我很着急，我知道我不在的日子，她明明知道我的电话不通，但每天还是要打几回电话的，万一突然又通了呢。眼看快要离开加油站了，电话还没人接，我的眼泪都要出来了。于是就打给她的女婿让他看看去，并嘱托多照顾我妈。女婿说他已经打过电话了，我妈好着呢，还说我弟弟和弟媳也从新疆打工回来了，家里一切都好。我立即又给弟弟打电话，弟弟说妈很好，妈的手机放在城里的出租屋了，忘了带。

所有的电话都打完的时候，车子已驶入了通信盲区，我长长地舒了口气，感觉卸下了一副担子。

回到草原是下午6点多钟，和走一趟阿克塞的时间差不多，但大柴旦的路特别好走，相对省时省力。

吃晚饭的时候，曹国文失望地说，今年的大阅兵看不上了。所有人都跟着失望起来，沉默不语。片刻之后，周浩说，明天我们的车也排成队阅兵吧。

大家哈哈大笑起来，都夸周浩的提议好，气氛一下子活跃了，七嘴八舌地议论着明天怎么个阅兵法。

曹国文说，我们5辆四轮子摆成一排，一起慢慢走，郑飞开着皮卡车走最前面，胡国生站在车斗子上检阅，他一喊"同志们好，同志们辛苦了"，我们就喊"首长好，为阿克塞人民服务"。

帐篷里热闹成一团，像锅开了一样不可收。我后悔没买上几面小红旗来插到每辆车上，那才有仪式感。爱国之情再次冉冉升起，可很快就被浅搁在了这遥远的哈尔腾草原上。不过，我却记住了这一天：2019年10月1日，祖国70大庆，举国上下一片欢腾。

继续过节

  我在草地上看到了狗的粪便，蜡黄的毛草没有经过消化，就从狗的肠胃里走了一遭。那是多么饥饿的一次填充，没有粉碎又返回了人间，它果真缓解狗的饥饿了吗？于是，我让邹琴子在面汤里撒上面粉，再加我们吃剩的饭菜，给雪虎和炭豹，每天保证一顿饱食。一出锅的时候很烫，饥饿的雪虎和炭豹在盆子周围急转。炭豹似乎稳重，来回走动着等待食物凉冷。雪虎性子急，把嘴伸到盆底，结果被烫得猛拔出来，左右甩头，白糊糊的汤汤水水，被它甩了一头一脸。看着它污眉垢眼的样子，我又气又笑，真想骂它——真的不要脸了。

  午饭的时候胡国生通知我们，梁总说了，今天下午让车队早点回来，把羊肉煮上，继续过节。于是说好，下午少撒一趟种子，早点回来加油、拉水，然后抛开一切，好好过节。

  所谓过节，无非是煮一锅手抓羊肉，上一盘水果，喝两杯牛栏山，就几颗花生米。就这么简单，神仙的日子又怎么样呢！这些都是从大柴旦买的，牛栏山和酒鬼花生是胡国生提醒让我买的，他知道我们的那些人喜欢什么。郑飞逗着雪虎说，今天吃肉呢，等着。这回雪虎好像听懂了，定定看着郑飞一动不动。

周浩的车头壳子掉了，中午拉回来扔在一边，下午干活回来他才焊接。两边的护板很薄，焊不住，他索性就扔过去了。没壳子，整个车像一头不受驯养的怪兽，当黑灯瞎火的时候看上去让人害怕。我以为车碰哪了，周浩说是颠坏的，没壳子不相干，他小心些开就是了。

铁的东西都能被颠烂？我疑惑是不是听错了？周浩说，以前车被碰过，可能留下了伤口。但不管怎么说，他车的质量不如新一代东风404，油箱小，马力弱，虽然干活不影响什么，但司机比较辛苦。

邹琴子这次没有算好，既要蒸馍馍，又要煮羊肉，液化气用不过来，她只好用高压锅压肉。俗话说，紧火米汤慢火肉，高压锅压出的肉，无论色与味，都比不上慢火煮得香。从大柴旦买的肉丝子大，不香，嚼起来像木头。当时胡国生买的时候我故意走开了，我不想掺和他哪怕一根葱的购物。

大柴旦的物价高，而且货还没阿克塞的好。羊肉也一样，这只羊比阿克塞的贵出了许多。

自从上次救过车后，我不想再与胡国生搅经济账了。不知道他给梁总说了什么，梁总给我们老板打电话，让我睁一眼闭一眼过去算了，别太较真，大不了就是丢了一两桶油的事儿，到时候他认就行了。很明显，梁总不知道救车的事情，胡国生不是说给他汇报了吗？梁总说，千万不要把胡国生气跑不干了，这么大的工程，眼看就要接近尾声，胡国生跑了可就把他害苦了。

我觉得事情到这一步，真的让人哭笑不得，再大的老板，都有吃得起亏，和睁一眼闭一眼的胸怀，他们早就料到了工地上的规则，却让我这个较真的书呆子搅了一棍，怪不得胡国生怒气冲冲。不和他较真了，他却十分殷勤。但我心里仍然有盏明灯，不可原谅就是不可原谅，不可欺凌，就是不可欺凌。

今晚，在哈尔腾撒播草籽的男人们可算是幸福的。因为除了郑飞在帐篷里看手机，其他6个都坐在一起划拳喝酒呢。他们一个个神采飞扬，拳声高涨，没有劳苦的感觉，也没有身居偏远荒凉的失落。

曹国文手抬得老高，像在划拳，又像在耍拳，并一再让我给他多拍些照片和视频，说回去了炫耀。

胡国生哈哈哈笑了又笑，激情勃发，划拳的声音既洪亮又有节奏感，第一个打关，第一个赢拳。

王延云那天划拳老是喊"八八"，被周浩拐成了"爸爸"。他今天再提不起声来，有意躲避着八八。

后来被队友们加工，编成了如下顺口溜：

爸爸，四季财。
爸爸，好大运。
爸爸，七巧儿。
爸爸，爸爸。

因为没有"八八"了，所以划拳总是输，弱了不小的气势，喝了不少的酒。王延云哭笑不得，但也无奈，这些死皮赖脸的家伙，看来这个"八八"以后得改了。我正偷着笑呢，只听见他喊了一句"八字好端"，他赢了，他的声音又开始高了起来。

我问他们，牛栏山喝起来怎么样？

他们几乎异口同声，很好，非常好。

我说，你们也太没品味了吧，一瓶才20块钱，有那么好吗？

他们说，我们就喜欢这个味道，像我们自己。

我说，原来你们就是这个味道啊，才值20块钱。

他们呵呵笑着说，下苦人嘛，能值多少钱？这就是最好的了。又说，这都是牛栏山呢，还就着花生，就着水果。我们在山丹的时候只喝小刀，10块钱一瓶，也攒劲得很。还是空口喝着，但也是一种滋味，惬意着呢。

这就是男人，西北男人，只要有酒，他们就着西北风也会喝得十分来劲。

曹明说，一个地方的人在一起久了，不是亲人也胜似亲人，围在一起说说笑笑，就像家人聚在一起，高兴得很。

曹国文喝高了，又说又笑耍嘴皮子，还说今天让周浩的绿色东风走在中间，两边各走两辆红色东风，让胡国生阅兵呢。可兵还没阅，我却喝高了，人走不直，咋阅兵呢。

我一听才想起来，是啊，你们不是要阅兵吗，咋就忘了。

曹国文说，走嘛，这会儿出去站在门口排成队，大家一起唱国歌。

我当了真，我知道曹国文是个有情趣的人，我始终认为，他是我们这些人中最有才华的一个，而且情商很高。于是我说，那就太好了，现在就走，完了让你们也上上电视和网络。

可是，周浩还在吃东西，李斌脱掉了棉鞋，已经躺到床上。曹国文叫他的时候，他支支吾吾地应付了几声，再没起身。很显然，他已经醉了。

我问，喝几瓶了？

曹明说，两瓶。

我说，今晚能喝几瓶呀？

他说，就这两瓶吧，明天还要出车，这里喝多了不行。

曹国文说，也就是在这里，若是在家，你这四瓶瓶算个啥？再有四瓶都不算啥。

我说，幸亏你们都还知道是在这里，幸亏还知道明天要出车，刚来的时候，连2杯都喝不上的人，现在都练到4两了，知足吧你们。回去我请你们往足里喝,那时候一个个尽管醉。然后让你们的老婆背回家,用鞋底子打去吧。

他们只笑不说,互相看着,好像都彼此彼此,不说也心里明白。

哈尔腾的夜依然黑得迈不出两步,邹琴子一出帐篷就扯大嗓门喊,哎呀,这个地方的天咋这黑呀。

帐篷里的男人都听笑了,他们问道,哪里的天不黑啊?

月牙儿是我们在哈尔腾的几十天里第一次看到,就挂在哈尔腾的山顶上。有了月牙儿,哈尔腾草原顿时变得吉祥而圣洁。月牙儿陪着哈尔腾的夜晚,哈尔腾就生出了无限的希望与寄托。

风和光阴叫板

哈尔腾的风不是从早晨刮起,就是从下午开始,像哈尔腾抑制不住的躁动,没有一天是脱空的。一到夜晚,它就将我们的帐篷疯狂撕扯,像进了高潮一样。于是,我的大脑经常在风中徜徉,也在风中高蹈。无穷尽的风,形成了无休止的海潮,不厌其烦地在咆哮。我的哈尔腾之梦在强劲的风中破碎着,沉睡着。我渴望它早点醒来,也祈祷它能让我的生命充满温暖,绿遍天涯。

我背对着邹琴子睡觉,却一晚上听见她拍拍打打起床的声音。我以为天亮了,转身看她,她却又睡得安安静静。小太阳照着她的脸庞,她的脸庞也变成了金黄的小太阳。幸福的人啊,无论夜黑风高,还是鬼哭狼嚎,都睡得像在家里一样安稳。

下午,风停下来了。哈尔腾草原立马变成了一个文静的书生,这样的文静是很难遇到的。金色的草原,巍峨的雪山,隐秘的走廊,一群群羊昂首阔步……

东边干河坝里的那个牧羊人把羊群赶放到山根,再赶放过来,一天到晚，就这样反反复复，像是和光阴叫板。4只牧羊犬跟在左右，耀武扬威，狗仗人势。

中午，胡国生拿着卫星电话大声喊我，吴总，吴总。我接上才知道是我的老板打来的，他已经到酒泉了，和同学们在金塔胡杨林聚会。说他带着女儿，明天要到敦煌，问我想不想去敦煌，他到阿克塞来接我。我没说什么，内心那股酸楚又涌了上来。既能到阿克塞，何不来哈尔腾？他说太远了，不想来哈尔腾，让我去阿克塞。一听到女儿，我就想得要命。于是我便鼓起勇气说，你来不来哈尔腾明天中午给我一个准信。挂断电话的那一刻，我的心突然就空了，和广袤无垠的哈尔腾草原一样，空得连风都无处落脚。但我忍住没有掉下眼泪。

几天来，胡国生不让郑飞下午去工地了，郑飞就躲在帐篷里不出门。他在帐篷里一直看手机。他的手机下载了无数的电影和游戏，无论是出车还是在帐篷里，他的时间就靠电影和游戏打发。胡国生一再过问为啥开发电机？二话不说刚去关掉，一会儿郑飞又去发着。他们之间好像也出了点罅隙。

雪虎和炭豹属于哈尔腾

我继续在草地上散步,被哈尔腾的石头深深地吸引。褐色的多数,形状各异。白色大块的稀少,而且多有裂纹。红色极稀,不是镶嵌在别的其中,就是自个儿小小的一点,像是在证明稀贵的存在,也证明形成的艰难。也有紫色、烟色、黄色,等等,都属于小众。路的那边有大块隐隐发光的石片,里面含了晶体,在一片混沌里分析不出来。还有许多颜色我叫不准确,我怕叫错了误人,以此误读了石性的哈尔腾。

我已经拾了很多,思谋着带回去送给友人。有一种白里面潜藏着碧绿,像极了云南的翡翠。还有白里嵌红的,红色如鸡血一样从另一头渗出……

我不为拥有财富,但我想知道哈尔腾石头的价值。那突出地面、散落成一摊一摊的乱石在说明什么?即使拣拾起来,也不算什么璞玉,更像是粗糙的轰炸。如果是轰炸,那也是很久的故事了,无限破碎也并非空穴来风。穗穗草已修补了土地,时间的脚步从草滩上走过,一个个凸出来的草地上的肿瘤,即使已被治愈,而疤痕却永久留了下来。

第二天中午，我的老板没有来电。胡国生给我卫星电话，我打了过去。他决定不来哈尔腾了，因为太远，车上还拉着几个同学。他吞吞吐吐，像是有点为难。挂了电话，失望顿时弥漫了我的心灵空间。

那只黑狗彻底走了。狗的灵性有时候实在讽刺人类，偏心就是一种歧视，与其被冷落在边缘，不如去另寻个寄处。黑狗算是一条好狗，不仅仅有狗的志气，而且还有狗的尊严。想起狗，想想自己周身的一切，我握紧了拳头，咬紧了牙，背对狂风。不仅仅为命运的屈膝，而且还有活着的尊贵。

我拣石头的时候，炭豹总是跟前跟后，像个细心的朋友，给我做伴，也给我壮胆。它的眼睛总是那么明亮，我看不到的地方，它总能看到动静，先是汪汪叫上几声，然后再转过头望着我，像是给我说着什么。它这颗黑色的石头，想不到心如白昼，它懂得护主，也知道感恩。遇到它们，也算是一种福报吧。

雪虎和炭豹每天都能吃饱肚子了，它们吃饱就让给那只小狗去吃。狗的知足令我感慨，它们不谋将来，不贪图明天，它们有饥饿，但却没有算计。贪图之心让贪图者心胸狭隘，无法建立庞大的群体，不能因为知足而共居。我因此对雪虎和炭豹更加珍惜，也总是有意给那只小狗留一些食物。

我们基本达成了共识，在哈尔腾有限的时间里，争取让雪虎和炭豹它们几个吃饱，几天后我们离开，剩下的只能交给哈尔腾了，能不能度过冬天，就看它们的造化了。也有人想带一只回去的，带回去就是谋着宰了吃。这我绝对不会允许，我不会让昔日的伙伴，命丧在愚昧的屠刀之下。也有带回去想养的，但我不信。我征求过一位朋友的意见，朋友说，与其用铁链子拴着，还不如让它们在这里自由流浪。它们属于草原，属于哈尔腾。哈尔腾会保佑它们的。是的，它们是自由惯了的行者，属于哈尔腾，是哈尔腾草原的守护神。任何人都应该还它们以自由，让它们归于广阔，归于神圣的哈尔腾。

石　头

　　今天撒到单独的那块三角形了，由于路远，5辆撒播车晚上就放在工地。我担心天寒地冻早上发不着，就笑着对机手们说，一定要盖好了，要做好机器的保暖工作。我又问，明天早上要拉油吗？王延云直接说，今天晚上别忘了把油拿进帐篷。天冷了，柴油也怕冻。

　　下午仍然是拉水，水拉来后吃手抓，手抓吃完了喝小酒，小酒喝过了打麻将。这群男人们每天都是如此。有时候又说又笑要拆帐篷一样，有时候却静得让人怀疑生命的存在。郑飞在他的帐篷继续看手机，我在我的帐篷里赶写日记。每晚8点半要给发电机加油，所有的电褥子都要用电，两个小帐篷还要开着"小太阳"，正好到第二天早晨8点半，发电机的油刚好消耗殆尽。那时候，小帐篷无法取暖，我便到大帐篷去烤火了。

　　撒播工作已接近尾声，他们都不希望我到现场去做一个监视者，所以我便知趣地留在后方，配合邹琴子做好一切后勤工作。

　　草在秋风里瑟缩着，但你看不出它们更多的变化。就让草安静地枯萎吧，那是一个庄严的过程，我应该很有礼貌地退出。而石头不同，它始终如一。哈尔腾长廊的主要特征之一就是石性，石头的山，石头的河，石头的草原，石头的路，石头一样冰冷的风，石头一样的荒凉草地和黑夜⋯⋯

我喜欢在草地上散步，其间有可能会遇到一块浑圆的石头半卧在土里，它们纯净如雪花，温润似羊脂，让你不忍丢掉。如果是一块大的，难说是否是上好的玉料。然而这些大的却很少，像在时间之前就消失了一般，留下的只是无尽的小料，它们却成了哈尔腾的基石。而这些基石，才是哈尔腾所有石头的缩影。我不知道石头内部隐藏了一个怎样的秘密，它们在我内心却是哈尔腾的一部分，是我的哈尔腾之梦的无法隐去的另一个世界。

我不想去河边，我不是勘测家，也没有任何识别石头的仪器与专业知识。更何况河水冰冷如刃，严逼着我不敢近前。

邹琴子说，到那河里去拣吧，河里的石头又大又圆。

我觉着这样的问题对她无法解释。于是便说，一起去吧，带上炭豹。

她说，我闲得没事干了？你带上炭豹，它还可以给你放哨。

我故意说，万一我拣到金砖了呢。

她说，嗯，你去拣，金砖就等着你呢，人家不认识我。

其实哈尔腾真的有金子。上次我回家的时候，有人对我说，他们在肃北的山里挖过金子，挖了米粒大的几颗。肃北的山和哈尔腾山是连在一起的，何况哈尔腾真像是产金的地方呀。草地上那一摊一摊的石头，会不会就是挖金子的人炸过的痕迹呢？

我告诉队友们哈尔腾的石头奇妙无比时，才知道曹明和王延云他们早就拣到珍贵的石头了。曹明拣到的是一块椭圆形的白石头，手电一照通透无比，里面没有一点杂质。而王延云的像一块润膏，白得能渗出油脂来。

拣石头对我来说完全是为了打发时间，周边距离完全足矣，用不着跑到很远的地方去。不过我真的打算把拣到的石头带回去,送给搞石头加工的朋友们,一来是一份心情,二来是想听听他们对哈尔腾石头的看法。

风刮了半个早晨,到中午停了。帐篷里热了起来,待着难受,队友们就早早走出帐篷,看着胡国生和郑飞往车上装压帐篷的种子袋。都不帮忙,似乎认为还不是取的时候。3个帐篷四周压的和所有床下面垫的,有4吨多种子。这些种子全部得取出来撒掉,取了种子就得从干河坝里拉来沙土,装进袋子,再压住帐篷。第一个小帐篷胡国生他们今天换掉了,那么明天就该换我们的了。

袋子换下来后,胡国生开车拉着去了施工现场,郑飞留在帐篷无事可做,一直看电视。

下午的草原无比安静,没有风,也听不到雪虎它们的叫声。年轻的郑飞一定心情不错,不时随电视情节发出咯咯咯的笑声。单纯的孩子啊,有一份欢乐,就发一份笑声。他在草原的这段日子除了睡觉和吃饭,剩余的时间都在看手机,偶尔去施工现场,没事也不下车,还在车上看手机。换他的话说,没事干。我多次对他说,年轻人啊,看看大山,看看草原也好啊,何必将有限的时间浪费到无限的娱乐中呢!他总是说,天天都看,还有啥看头啊。不过对于我来说是好事,郑飞的手机电用完了就会发电,他一发电我就有电用了,有电就可以继续写日记。

胡国生把机手们送到施工现场,分布好撒播工作之后,就跑去和放羊的聊天了,所以他知道的情况比我们多。前天我们帐篷西南方的那个羊圈上突然来了一辆大红车,我和邹琴子以为是转场的羊群回来了。可胡国生说,那是一个接种站,现在正是接种的时候,他们在大红车里给羊接种呢。剩下的事情我们不便多问,自然也就没搞明白那辆大红车里的具体事情。

哈尔腾的故事像风、像云、像石头,不停地变幻着,也在不停地沉淀着,只有时间是推手,那么就让时间去记录一切吧。我只愿我们种植的牧草能够发芽,与这里的一切天长地久。

拾　　铁

公路上经过的车辆多了起来，尤其是拉着水泥桥板的半挂车跑得较多。估计是100公里以外的那座桥快修好了，要架桥身了。我想今年冬天那座桥就该通车了吧，这样的话，哈尔腾的后脑勺就有桥了，哈尔腾大河两岸就此贯通，这对哈尔腾走廊来说，注定是件大事。

我决定10月6号出山，然后在阿克塞住下。一是为了调整一下焦急的心态，二是要待在那里找车。5辆四轮子，帐篷及行李，只有17米长的半挂大板车才能装下。而且这种车不好找，得去信息部通过网络雇用。一切顺利的话，8号装车，那么，8号下午就可以离开哈尔腾了。

可是昨天我的老板说，梁总让我们待到8号再说，要等国庆长假结束，各单位8号上班，看草原站来不来验收。要是来验收的话，我们必须得等。一旦验收有问题了，需要补撒，那车辆走了麻烦就大了。

说到验收，其实我们的施工过程非常严格。不说我们自己的团队要求，甲方的监工胡国生也是让我们服了的工头，他整天跟在屁股后面，若撒不到位或被风刮掉的，必须重撒。可我不知道验收的时候会是什么情况。哈尔腾的风特别大，羊群在草原上往返巡回，还有鸟，它们都是破坏地面种子的主要因素，所以验收越早越好。

今天撒的那个最远的三角地带简直复杂极了，沟槽多，土疙瘩频繁出现，那么一点地，花了整整一天的时间。明天一早撒山头和山埫，然后就剩帐篷前面的平地了。

草原上的伙食既富有，又单一，富有的是一直有肉吃，除了大肉之外，我们还吃掉了三只羊。炊事员在饭菜里放的大肉比家里的多，但仍感乏味，因为，每天中午都是干面炒菜，下午是汤饭，仅此而已。

邹琴子说，在家里也就这个吃法。说得没错，在野外这是最好的伙食，可是他们还是感到缺了点什么。

缺点什么呢？我想，应该是一些改变，或者是心理和生理上的某些需求。

周浩隔几天就要吃一包方便面，同时他还偷偷买了许多辣条，隔三岔五就吃。他需要刺激，大锅饭满足不了。50天了，他们没有出过草原，炊事员做啥，他们只能吃啥。也是为难他们了。

作业车回来得有点迟了，擦着黑，先看到了一个车，我认不出是谁，就叫郑飞来认。

郑飞一看就说，是周浩的车，4个轱辘上架着一个人。车壳子取了，连灯也没有。

果然是周浩。

我问周浩，咋才回来？胡国生他们回来都好长一阵子了。

周浩说，拾铁去了。

干啥去了？我问。

周浩神秘地笑着又说了一遍，拾铁去了。

哪里的铁？我问。

炮弹壳子和废铁，那个荒滩上有好多。周浩说。

我愣住了，有点不相信自己的耳朵。哈尔腾与"炮弹"二字也能扯上关系？

周浩对我的疑惑似乎在意料之中，他知道，除了亲自见到的人，谁都不会相信。

就是的。他说，放羊的人说，三四年前这里打过靶。还说自从打靶之后草死了很多，羊也死了很多，后来就再没有打过。

铁特别重，装半袋我也拿不动，爱莫能助。

周浩一个人卸铁，他边卸边说，明天可以压帐篷，完了拿回去卖钱。

我一听就笑了，随口说道，好啊，替草原清理垃圾不说，还会发大财呢。

接着，后面的四辆车也相继而来，他们把各自车斗里的铁袋子卸下来扔在一起。曹国文的车上有折叠起来长长的几大块炮弹壳子，军绿色的皮，看着诱人。

曹国文说是铝，胡国生说是锌。

既然收拾上来了，管它啥呢，拿回去卖了喝酒。

曹明说，若不把这些东西清理掉，撒籽儿时，车胎一旦被戳坏，那可就麻烦了。

我问，打了靶的地方籽儿撒上能出来吗？

曹明说，难说，反正现在一棵草都没长。但不撒又不行，验收的人不会管那些。

我再一次问，究竟啥情况，咋突然又出来了炮弹壳子？

曹明说，不知道啥情况，方圆大概有300平方米，不长一根草。今天没拾完，还有铁呢，不拾的话车没法通过。

我躺在床上胡思乱想，我们帐篷后面一个又一个突出的石滩，如果说与挖金子的无关，会不会与那打靶有关？所有的碎石是怎么来的？从石头破碎的程度看，怎么说都不像是地壳运动推送出来的。

后来我问了放羊的人，他们也不知道那是怎么回事。

月牙饱满了，从哈尔腾山升起，只是被沉沉的云层包围着，时隐时现。我对帐篷里的人喊，你们出来看看，今晚的云这么重，明天是不是要下雨呢？

李斌出来了，看了看西方，说，不会下，西面的天都晴着呢。

曹明也出来了，他看着哈尔腾山说，不下，就那些云，一会儿就游走了。

我又看了看，月亮还隐在云层后面，忽明忽暗。我又记起了父亲说过的话，一颗星星都看不到的夜晚，第二天一定会下雨的。

天飘起了雪花

早晨没来得及洗脸,我就跟着撒播的车队去了后山。那里是这块区域最后的尾巴,距离远,地形陡峭,我心里没底,得去看看。

从公路拐向草原的那个口子处有一个干河坝,河坝里有一个羊圈在东半坡上,满满的一圈羊还跪卧着没有出圈,白压压的像给那个黑色的河坡扔了几包棉花。河底是哈萨克式的小帐篷,尖尖的顶,像给大地扣了一把半开的伞。看上去有点小,有点孤单。帐篷里的人大概还没有起床,否则就像我们,总要把门帘揭起来看看。我们经过那顶帐篷,径直向草原深处而去,羊圈上的4只狗追着我们的车狂叫。

我们顺着很宽敞的一条土路前行,车后面跟着一条长长的土龙,向西翻滚,直至山根。土龙还拖着长长的尾巴,淹没了后面弯弯曲曲的路,5辆四轮的车灯一明一暗,若隐若现,像朦胧的巨大灯笼。

山头不高,但陡峭,沟槽多,撒播的车辆突然看不见了,一会儿又一个个突现出来。经过七八十度的斜坡时,我的心就提到嗓子眼上来了,便在心里不断地告诉自己,坐车的怕死,开车的平静。

胡国生走在车的前面，拿着地图指挥。我看到他手里的奥维地图仍然没有放到最大，我不知道他是如何精确位置和路线的。反正活已接近尾声，多说无益。再说了，他如果耍赖，给梁总胡说八道，我就不值得了。多撒就多撒，我搭上工时和油耗，就算为人民服务。

　　第一个大山头下面有一顶帐篷，周围有很大的2个羊圈，旁边或站或睡着几只狗。羊已经出圈了，其中一黑一花2只狗看到我们，追上山头来咬。真是2个不自量力的家伙，我们那么多人和车，你咬得过吗？它们站在高高的山头上不住地叫着，威武得像天兵天将。

　　曹国文拾了一块石头向它们扔去，可是太远，扔了才不到几米，两只狗理都没理，照旧站在高高的山头上叫着，叫得尽职尽责。

　　山下有一条隐蔽的河流，顺着山脚向东而去。两边的山夹着河水显得深而宽阔，山脚被河水冲洗得在不断扩大。奇怪的是，那山体看上去是黄土的结构，以至于河水冲击过的地方都是黄色的泥巴，河水也是黄色，完全与黄河一致，让你不由自主地以为是黄河遗失的一条支流。河流在我们脚下的山底失踪了，即使你转过山头，也不知道它们去了哪里，我们看到的只有一个山丘又一个山丘，迂回蜿蜒。

　　撒播的山头共有3个，大小不一，我坐在皮卡车车里跟着车走，走了一圈就转向了。虽然还清楚东南西北，但不知道车子在哪个山头。跟着撒播车辆，转了整整一个早晨，最后我都不知道回去的路在哪里。也不好意思说，就跟着车走，反正它会把我带回帐篷。中途我也下车跟胡国生踏过路线，但总是跟不上他，他似乎不愿意让我跟着他。于是，我就看山看草看石头。干河坝里的石头最多，各种各样。山上也不少，但大多数是青石头，表面黑油油的，像是用猪油擦过一样，用手去拭，却拭不下油来。我砸开青石头的表面看内部，才发现一律都是青绿色的，不过有些绿色偏重，翠绿翠绿，有些绿色偏轻，青绿参半。我想到了碧绿晶莹的女子手腕上的绿色莹环，纯净得像一湾清水。水头极好的玉往往透明而坚硬，光亮照人，又似不失情调的谦谦君子，生得俊美而腹有诗书万篇。

记得张掖有卖祁连玉的，说是祁连山里绿石头到处都是，都是玉呀，祁连山就是祁连玉堆起来的。我突然大喜，原来这撒落满地的都是祁连碧玉的胚料，怪不得它有似石非石的特质。富贵的祁连，原来你有碧玉的骨肌。雄伟的祁连，你天生辽阔的大河载满了故事和文化。

撒播车辆又转到山头那边去了，我坐在皮卡车车里一边等，一边和郑飞看电影。胡国生还在飞快地来回"游山"，他不喜欢我们参与，怕要暴露什么似的，一个人总是神神秘秘地到了这个山头，又到那个山沟。一会儿，又看到他和一个骑摩托车的放羊的聊着什么，只见那放羊的从摩托上下来，跟着胡国生走到几十米外去了。

真佩服胡国生的聊劲，和一个放羊的都能聊到这个程度，那样子真有天荒地老的感觉。

一个多小时后，胡国生向撒播车走去，骑摩托的人向我们骑过来。

郑飞关了手机，打下窗户玻璃问道，咋了？

那家伙嬉皮笑脸地说，想你了，过来看看你。

我一听咋这么油腻，就闭上眼睛假装睡觉。可他脖套上挖开的两个洞洞里有一双眼睛，一直浮现在眼前，令人厌恶，又十分诡异。

他有事没事跟郑飞聊着，先说昨天卖羊卖了36万。又说昨天他们几个人杀了一只羊，在山下的羊房子上红烧着吃了，还剩下2个羊腿……

我始终没有吭气，闭着眼睛假装睡觉。他们就那样稀饭米汤聊了半天，才走了。这时候撒播车正好转过山头向我们走来，胡国生从曹明的车上跳下来，又指挥着绕了一圈算是撒完了，大家一起下山，时间已是中午12：24。

经过干河坝时，每辆车都装了十几袋沙土，准备压帐篷，所有帐篷周围和床下的种子今天都要拿走撒播，因此必须有沙土压帐篷，不能让

173

队友们拾的铁走风漏气,哈尔腾的风可不是吃素的。

午饭后我和邹琴子睡午觉,听见炭豹和雪虎猛叫了一阵,邹琴子下床去看,发现是胡国生和一个骑摩托的人在门外说话,说了一会儿,那人放下摩托,坐着我们的皮卡车和胡国生走了。

队友们开始取帐篷四周的种子,我床下面的5袋也取走了。再睡几天就可以回去了,谁一听都兴奋了起来。

天飘起了雪花,刮起了风,前后两边的山被雾笼罩得神神秘秘,有<u>丝丝缕缕的云雾滑下山坡</u>,像一根根白发,在风中飘荡。

队友们到公路对面的那片草场撒播去了,这应该是离我们最近的一片了。

皮卡车回来了,原来胡国生和那人取羊腿子去了,那人就是山根子那个羊房子上放羊的。胡国生丢下放羊的人,急急忙忙就和郑飞开车去撒播现场了,让我招呼那个人。他个子很高,说话声音稳重,不像早晨和胡国生、郑飞聊天的那个"油腻男",所以我就和他站在帐篷外面聊了起来。

他是阿克塞人,祖籍武威,他说我们前面的大河就是哈尔腾大河,由于河的北面宽阔,所以就叫大哈尔腾。河的南面窄些,就叫小哈尔腾。他也不知道哈尔腾是什么意思,从小就听惯了,也没想过它的意思,可能是一个哈萨克语吧。

他说这里的一山一河都有名字,老一辈人都很清楚,什么青沟、干沟、柴疙瘩,都是因地方的特点叫的。

他说哈尔腾草原冬天要落雪,去年雪大,到膝盖这么厚了。

我一听,心马上亮了,有那么厚的雪,我们撒的种子明年一定会发芽了。

他说,我们就等着下雪呢,一下雪就搬到建设乡对面的小哈尔腾去了。那里是冬牧场,草长得高,雪只能压住多半,羊有吃的。还说那儿有黑柴，羊可以吃，也可以用来烧炉子，比煤还耐烧。

他说大哈尔腾冬天一片白色，雪无处不在，什么吃的都没有，所以羊要转场，去有草木的地方。每年春天他们来这里，大哈尔腾的雪地上冻死的黄羊、马、狗，兔子，什么都有，沿着路走，一路都能看到。那些东西不是找食物的时候陷进雪的，就是被豹子追着，跑到雪地上出不去了。

我还是第一次听说有豹子，立即问道，还有豹子吗？他们不是说有狗熊？

他说，有啊，这儿可是国家野生动物一级保护区，豹子就在后山里，一般不会出来。他指了指我们帐篷后面的大山。又说，狗熊在小哈尔腾那边多，我叔叔家的房子每年都要被狗熊损坏。那东西聪明得很，每年接完羔羊的时候就出山，平时不出来。

我问，出来干什么？为什么是那时候一定要出来？

他说，出来吃羊啊，那时候的羊刚产完羔羊，体力最弱，容易逮住。

我又问，房子损坏了，人呢？

他说，人就知道狗熊在那个时候要出来，所以一接完羔羊就赶快撤走了。

我问，狗熊就那么厉害吗？我们的这种帐篷能不能防住？

他笑了笑说，这个帐篷狗熊一掌就打翻了。他见过一只小狗熊，差不多和他一样高，不过还不会伤人。

他还说，小哈尔腾那边有个野牛沟，那里的野牛成群结队，比牦牛大得多，一对角弯得一张弓似的。前两年有个放羊的，穿着公路上的红马甲骑马去看野牛，结果被野牛挑死了。那人太无知，连牛愤怒红色都不知道，白白搭了性命。

我又问，你们不骑马放羊吗？怎么都是骑摩托车？

他说，以前都是骑马放羊，骑上马还得放马，也得操心养马，还不如骑摩托车，而且比马快。

他又说，哈尔腾的夏季牧场没有划分，谁去得早那就是谁家的，大家都会坚守原则，互不侵犯。

我这才明白，那次我们去93公里处买羊的时候，怪不得那些羊群会从公路的南滩去北山放，从哈尔腾河的北岸可以到南岸放。原来如此。

他说，秋季牧场以下，大哈尔腾和小哈尔腾划分得非常清楚，那边的不能到这边来，这边的也不能到那边去。

他说，上次来拉狗的那个人是他哥，是建设乡的牧业乡长，分管小哈尔腾那边的牧业。

原来上次他们一起来过，我竟然没有认出他来。

我问，你哥不是说这两天来领狗吗？怎么没来？

他说，可能忙，他知道你们啥时候走，你们走的时候他会来的。

我又问到打靶的事，他说前几年在这里只是试验了几下，炮弹落下的地方，草虽然没有死光，但羊吃上都得了一种怪病，脊背处裂开，骨头都看到了，而且羊的肚子直往一起缩，缩得瘦瘦的，最后就死掉了。那种羊肉不让吃，全部都被埋了。今年小哈尔腾那边也发现了一模一样的病，又说是热病，紫外线太高造成的一种病害，羊也被埋了。

雪花已经大肆地飞舞了起来，我们还站在外面说话。我让他到帐篷里坐，或者喝点水。他推辞说，要走了，看看羊有没有走丢的。他骑摩托要走的时候，雪虎和炭豹又猛追了出去。我使劲呵斥那两家伙，炭豹很听话的回来了，雪虎还在狐假虎威地追。

雪越下越大，我对邹琴子说，这个样子机手们可能干不成活了。

邹琴子说话嗓门又大又快，这是老天爷的事情。我听着她好像一点儿不急着回去的样子。

鹅毛大雪纷纷扬扬，那个山头快看不到了。我想，撒播的人就要回来了。

雪继续飘着

哈尔腾的雪不是说来就来的，它要酝酿一段时间。先是乌云游走，然后占领山头，直到整个山模糊起来，整片草原也模糊起来，雪才会飘下来。大地似乎还很温暖，雪下在地上就化了。没有积雪，没有泥泞，只有羊群漫步，吮吸着雪水。它们不停地吮吸着，似乎把所有的脏腑都要灌满。雪不断融化，雪水就不停地流，渐渐成为地下水，汇聚到其他河流，最终流入哈尔腾大河，哈尔腾大河就会再次泛滥起来。当大地的温度降到零下之后，落雪才能保住它原有的形态，哈尔腾草原就开始积雪了。下一场，积一层，越积越厚，枯草渐渐被掩埋，石头、河谷以及沟沟壑壑便分不清，哈尔腾长廊也变成白茫茫一片了。那时，哈尔腾就成了无人区，一直要到来年的四五月份才能进来。

可我们没有机会目睹哈尔腾白雪茫茫的盛况了，因为10月10日就要撤出草原，但哈尔腾初雪云散的情景却永远留在了心间。

云散的时候，基本都是向东，热气腾腾的哈尔腾山像在蒸桑拿，忽闪缥缈，生动含蓄。江山神兽、白色飞天、祥云辰光、移动的莲或雪域宫殿，似乎在缥缈里移动着，充满了玄机，变幻莫测。东移的云是徐徐拉开的薄纱，变幻着错综万千的哈尔腾山容颜渐而显露。一切都在动与静的结合中缥缈，让人浮想联翩。

晚上风来，稠云徐徐散开，上弦月跨过哈尔腾山，挂在我们头顶，一个硕大的风圈笼罩着月亮，启明星在风圈之外。月晕午时风，看来明天又是一个刮风天。

竣工在即

　　早晨起来，红日冉冉升起，熔金的朝霞洒向大地，白白的霜比雪更冷，整个草原寒霜满天。

　　我和胡国生、郑飞到了阿克塞，我去信息部找大车，然后带着大车回草原拉东西撤工。胡国生和郑飞则是送我到阿克塞之后，与他们的老总接头的。17米的大车实在不好找，我们老板几天前就给信息部打了电话，但由于具体时间确定不下来，信息部只是接受了请求，并没把车定下来。当我们把时间确定下来的时候，我们3个已经到阿克塞了。我只好住下，必须在第2天就要把车落实下来，赶天黑之前带到草原。否则，耽误一天，就得多等一天，人们都在说回家的时候，已经准备好了回家的一切，越是到走的时候越是着急，就像越是到了家门口，越是急着要进门一样。

　　胡国生和郑飞要去敦煌，早几天和他们老总说好的。说是去了让好好洗个澡，再住个好点的宾馆，把在草原上亏欠了50天的精神给补回来。我在阿克塞一个叫塞源的宾馆门口下了车，郑飞介绍着让我住这里，说是上次和梁总他们来的时候就住在这里，便宜，也干净。住下后我就联系大车司机，打了无数个电话，不是车的长度不够，就是车的时间正好不便。正焦急中，一个陌生电话打了进来，原来是一个大车司机，他和信息部签订了合同在等我们用车，可我们的具体时间确定不下来，他就辞了。结果到今天了还没"钓上鱼"，就侥幸联系我们再试一试。找车的事就这样落实了下来。

诸事安顿妥当，我才意识到应该打开窗户透透气了。窗户对着前院，可以看到从大门进来的客流情况。我突然看到胡国生和郑飞在楼下停车，车斗子里6个柴油桶已经装满，用绳子结结实实地绑在车里。叫他们太远怕听不见，便打电话问他们怎么也到这儿来了，而没去敦煌。

郑飞说，梁总还没到敦煌，明天早晨才能赶来，直接到阿克塞办理撤工事宜。敦煌就不住了，只能住这里了。

我说，好吧，那你们就登记入住。

胡国生问，车找好了吗？

我说找好了，明天中午赶到阿克塞，天黑之前就赶到草原了。

之后再没联系，谁住谁的，谁行谁事。直到我下楼去吃晚饭的时候，一路寻到那家武威行面的饭馆，发现胡国生和郑飞也在里面，他们说多加个面，一起吃吧。我推辞了，习惯了与他们一分为二，突然变得不好意思吃他们的饭了。

第二天中午，大车按时赶到，我拎着行李走出塞源宾馆时，胡国生和小郑在大门外的马路边转来转去，他们也猜着门口停的大车是等我的，就走过来把皮卡车车上的一些东西放到了大车上。他们还不走，梁总还没到，他们得等着。我的心里暗暗又担心起来，我一个女人家，带着一辆陌生的车要在荒无人烟的路上走200公里，有点害怕呀。万一那司机是个坏人怎么办？虽然我偷偷地做了防身准备，但那也只是小菜一碟，说白了也就是自我的心理安慰罢了。若真正遇上坏人，我的那点小心思，充其量就是个小儿科。但也没有办法，除了给我的老板打电话出了一通气——男人都死光了，之后便毅然决然地带着车进了草原。

从阿克塞过当金山，到柳格高速加油站的路上车很多，我坐在大车里也并不害怕。司机也是个话多的人，一路上都在给我讲他跑车的见闻。作为一名司机，能跑完几圈祖国大江南北，确实也是条好汉。

我们走到柳格高速路口的加油站时，我的电话响了，是胡国生的。他说一直在给我打电话，怕经过加油站不停，直接进了没信号的哈尔腾。原来梁总已到阿克塞了，让胡国生坐我们的大车回草原，明天早晨草原站的人要去验收工作。胡国生要我们等等他，郑飞马上把他送过来。

最快也要一个半小时呢，我们只好原地等待。天阴沉沉的，即便是已经到了下午4点多钟，我再也不害怕独自一人带陌生的人进草原了，因为胡国生要来，也有个伴了。这时我又打心底里感谢胡国生，再过分的队友，在陌生人面前，他也还是一个伙伴，而绝对不是敌人。

约2小时后，郑飞开着皮卡车车把胡国生送来了，送下之后他又回了阿克塞，因为明天进草原验收的人多，梁总的一辆车坐不下，他开着皮卡车还要拉人呢。

胡国生一再说着他回草原是去买羊的，一点儿看不出要沿途保护我的样子来，很无奈，老板许下的敦煌"之补"明显泡汤了。我们都不再提这事，我也从来不喜欢碰触有碍别人面子的事情，尤其是那层窗户纸，我把它尊重保护得像玉一样完整。

大车到建设乡的时候，手机有了信号，司机要给家里打个电话，向老板汇报一下此去的情况。他一路上惊诧荒无人烟，而且越走越远，我真怕他改变主意。车刚停稳，梁总的电话就来了，他告诉胡国生明天不来验收了，草原站的人临时有事，后天才来。于是，我们又与大车司机谈判误时费，他说若是有个信号也行啊，和老婆既不能打电话，又不能视频，那还不把人急死了。我们听出了他的言外之音，答应管吃管住等上一天给他800块钱，他才同意。

到了草原已是掌灯时分，队友们看到大车来了，兴致勃勃地走出来让车停到路底下，四轮子从路上直接就开到大车上了。他们打算今晚就把四轮子装好，明天一早扯帐篷，那样早早就可以收拾上回家了。当告诉他们要推迟一天才能回时，他们一个个不说话了，无声地回到帐篷等着吃饭，饭后继续打麻将。

胡国生说梁总让他买5只羊，一只后天早晨煮了招待验收的人，其他4只带回去说一人一只，但不知是哪些人一人一只。这些天他已经和放羊的说好了，一只羊850块钱，要好的，负责杀掉。当晚，他安排好了明天杀羊的准备工作，并和我们的队员商量，到时候了搭把手。说罢他又不放心，叫上李斌开着面包车到那个羊房子上商量去了，看究竟怎么个杀法，是放在他们帐篷上杀呢，还是拉到我们帐篷来杀。过了一会儿他们回来，放羊的说最好放在我们帐篷上杀，我们人多，有炉子烧水，随手就把下水之类的洗掉了。

杀了一天的羊

天还没亮胡国生就叫上李斌拉羊去了，邹琴子烧水做饭，说是早早吃罢了伺候着胡国生这位爷爷杀羊。

有人说，他杀他的羊，我们玩我们的麻将。有杀羊的行家呢，用得着我们这么多人伺候吗？

邹琴子说，人家杀羊你们好意思玩吗？5只羊呢，又不是1只2只。

有人说，5只羊又不是给我们杀的，我们最多吃上点羊杂，还得我们自己翻洗。

我问，不是说你们5个人，正好一人一副羊下水拿到河里洗了，然后带回家和婆姨娃娃吃的吗？

邹琴子说，计划不如变化，我们也不拿了，人家的羊，人家说咋办就咋办。

5只羊拉回来拴在大车的后板上，1个钩子上1只，羊显然是受了惊吓，低着头，缩着身子，喉咙里发出低鸣和反抗。拴绳的部位正好在它们的角上，真绝，四两拨千斤的效果，羊就是抵破了头，也挣脱不了绳。

它们曾经防身的武器,成了致它们性命的帮凶。

天阴着,丝丝冷风颠覆了哈尔腾的温暖,狗的身上落满了霜,可它们还睡在地上,嘴巴焐在身体的某处,听到羊叫的声音,却突然抬起了头。

杀羊的人来了,原来就是那天送了我们羊腿子的人,要杀的5只羊是他的。他说自家的羊自己能做得了主,不像河坝里的那个,是雇来放羊的,必须由老板说了算。他还说昨天就说好了,那人也来帮着杀羊,2个人一起动手,杀起来快。

李斌主动得很,他从车钩子上解开羊,又帮着绑羊的4只蹄子,一绑羊就放倒了。杀羊的踩住一只就杀,手法熟练极了,羊连出声的机会都没有。李斌把其余4只羊都放倒了,我揶揄他比杀羊的还利索,他喘着气说,有啥办法,谁让它是羊呢,利索些,少受点罪。

另一个杀羊的也来了,原来就是那天和郑飞在山上"无聊"了的油腻男,头套取了挺帅气的嘛,终于露出了真面目,还以为是个"鬼"呢。

我拿着盆子接羊血,盆里先放了些水,又加了点盐,这样血就容易凝结了,到时候"紧血"才能紧出最好的血来。我特别想学"紧血"这门手艺,几乎所有的人都会,就我不会,愧对了多年爱吃羊血的喜好。水里的盐是邹琴子放的,我不会掌握多少,盐的多少会决定成败,必须刚刚好,盐多盐少都会影响血凝结的成败。

紧血的时候要用慢火,把盐水里凝结好的血倒进冷水中加热,水不能开,必须是一边加热,一边点水,让血从里到外都收得十分紧致,以免烹饪的时候烂渣,或烂块。紧血的火候非常重要,没有耐心的人是紧不出好血的。

杀羊的人说草原上一般没人吃血,那是商人和女人干的活,哈尔腾偶尔有商人,但没有女人。他们帮着让我接血,并说着怎么怎么做才最好吃。

我问不是女人干的活吗？你们怎么也会？

那个"油腻"男望着杀羊的同伴笑了，却在回答我的问题。草原上的男人喜欢吃肉，就像狼喜欢吃羊一样，有什么不会的，他说。

我也听笑了，这家伙果然"油腻"，好像这草原上就他会油腔滑调。

杀羊的时候我看出"油腻"男干起活来特别聪明，他指点着伙伴怎么干才是捷径，他有不少的经验呢。

我问他放羊几年了。

他说2年。

我问回过家没有。

他说回啊，家肯定是要回的，每年冬天回去，过完年再来。不过这次进了草原7个多月了没出过草原，也想回家一趟，但老板把工资没有发完。

我说，要啊。

他说，要了，老板怕工资发完我再不来了。

我说，说明你放的羊好嘛，有了钱哪里还找不上个放羊的。

他说，那也得找上能待住的，待不住的偷偷跑了的大有人在。

我突然话锋一转，又说，你待得住是因为你甘心在这草原上待下去吗？

他不说话了，他的伙伴望了我一眼，又望了望他，也没有说话。

旁边的胡国生嗓子扯起来了。看你说的，谁愿意一直待在这鸟不拉屎的地方，连个女人都见不到。

大车司机也凑上话了，他说，是啊，这地方真让人心慌呢，这小伙子这么年轻，搁到这里可给糟蹋掉了。

胡国生说，要去，把钱要上赶快不干了，你这么年轻，媳妇又跟人跑了，你也还是骗个别人家的女人去吧，总不能放一辈子羊。

王延云和曹国文陪着周浩给他们车上焊工具盒呢，看着周浩车上焊了一个，特别好，都眼红了。

我和曹明在洗羊肚子，先用滚烫的水把肚毛子烫下，然后快快用手捋掉，一个肚子差不多也就洗好了。邹琴子专门给我们端水倒水，一边准备她的午饭。我说啥活都不是好干的，羊肚子洗起来这么费事，洗2个再不洗了。够我们吃就行了，那几个家伙不洗，没他的。

曹明说，哼，还便宜了他们，饭吃罢了让他们烧羊头和蹄子去，至少也得烧上两三副吃。

午饭的时候羊就杀完了，杀羊的急着要去看羊群，留他们吃饭也不吃，匆匆骑上摩托就走了。

吃罢饭我和曹明继续洗羊肚子，5副全洗上了，越洗越舍不得扔了，哈尔腾的羊下水白白净净的，和羊脂一样润，我们打算洗掉若吃不完就拿回家去。

其他人一吃罢就躺铺上睡下了，像撒播时一样按时按点，还真不帮我们洗下水了。

曹国文说，那有啥好吃的，又不是没吃过肉。他又说，你们不是把肚子和肠子洗上了吗？吃上点算了。

我说不行，看样子肉是没我们的了，临走前吃一顿再说吧。

曹国文说，那就睡上起来了再说。

李斌帮着胡国生一直在外面忙活，把杀好的羊用塑料包起来挂到大车上，但怕狗吃羊肉，就把肉包得里三层外三层。然后又打扫现场，把一堆一堆的羊粪埋了，羊皮埋了，羊肠子之类也埋了。

我和邹琴子骂李斌，羊肠子不留给狗吃，为啥也要埋了。

李斌说是胡国生非要让埋的，他说狗已经吃饱了，剩下的不埋明天验收的人来了看到，环境卫生不过关。

我们把下水洗完了，午睡的人还是不起来，曹明和邹琴子都给我挤眼睛呢，意思是让我喊他们。我就站在铺前喊，该起了，起来烧羊头。

没有一个人说话，也没有一个人起来。

我一不做二不休，故意大声喊起来，爷爷们，起床，起来烧羊头。

有人笑开了，可还是不起来。

我就又喊，爷爷们，起床，起来烧羊头。

一个个终于不好意思再睡了，纷纷起来搬着液化气烧羊头去了。

整整烧了一个下午，羊头是烧好了，把他们也一个个烧成了羊头，黑眉污眼的，还把一瓶液化气也烧完了。

晚饭就是煮羊头，炉子上显然煮不烂，就用高压锅一锅一锅地压。邹琴子不会使高压锅，大家都说压羊头至少要30分钟，胡国生却说15分钟。结果15分钟没熟，肉还打弹弓呢，大家都没了吃的兴致。

胡国生却要给河坝里那个杀了羊的送两个羊头去，还说，娃子怪可怜。

邹琴子说，那你就送去吧。

胡国生开着面包车送去了。一会儿回来，说"油腻"男牙疼得在地铺上打滚呢，见到他哭了，他就用卫星电话给羊老板打了电话，让他明天赶快来接人，牙疼得不能放羊了。

机手们在玩麻将，胡国生时不时出去看一下羊肉。我知道它一下午都在拿石头打狗，怕狗把羊肉吃了，不让到帐篷跟前来。我悄悄跟着出去看，别把狗打坏了，因为他打起来的样子确实让人害怕。再说狗被打远了，今晚上羊肉如果把别的动物招来了可咋办。

我在帐篷周围叫雪虎和炭豹，半天不见影子。最后发现它们都睡在离帐篷很远的地方，不敢前来。炭豹看见我前走了几步，又停住了。雪虎却睡在更远的地方，叫它也不起身，只是掉过头来看我。不来也好，免得让胡国生再打。

临睡觉时，我和邹琴子又出去看狗，别又跑回来觊觎胡国生的羊肉，被人家打了。结果看到雪虎和炭豹睡在四轮子下面，见有人来了，炭豹猛爬起来就跑。雪虎慢了,跟在后面一扭一扭地离开。我看到它拖着后半截身子,吃力地向前挪着,显然,它的后半截身子和前半截身子不在一个轴上,而在执拗地较劲。我的心猛地一抽,雪虎咋了?邹琴子也大声喊道,雪虎咋了?帐篷里的人没有听到,雪虎跟着炭豹向远处挪去,天黑,我们俩不敢前走,只好回到帐篷,一晚上都在心疼。

又刮风了

  一大早起来我就找雪虎，它和一群狗一起从帐篷的不远处走过，跟在最后面的它屁股扭着，走不快，却极力在跟上伙伴。我突然感到羞愧，发现它们最好的伙伴其实还是同类，人类才只是朋友。伙伴和朋友是有区别的，伙伴可以相依为命，而朋友可能会见利忘义。我叫了一声，雪虎。它转过头来，然后又扭头走了，那样子完全像是不认识我，而且很惧怕我，它走得一点儿都不留恋。

  邹琴子计划着11点左右把肉煮熟，所以没有早早下锅。胡国生像个家长，一会儿进来指导这样，一会出去要求那样，他让机手们又摆了一次车，直到摆成战斗机一样的阵势，才算满意。验收的人来之前，除了炊事员，其他人无事可做，又不敢打麻将，怕验收的来了影响不好。

  大家在草地上闲转，周浩说，再好好看几眼吧，今天走了可能永远都不会再来了。

  曹国文说，这有啥难的，想来开车就来了，多大个事。

  王延云说，这地方还有啥来的，有啥呢？

而我却看着那山那河，还有脚下的草地无限地留恋，听着他们的对话我慢慢走开了。我觉得他们有心却冷漠，有情又无情，很清楚想去的地方随便可以去，但又因无追求的价值而不屑一顾。他们追求的东西究竟是什么呢？金钱？还是麻将？这么多天付出了那么多，难道对哈尔腾就没产生丝毫感情？那么，他们辛辛苦苦撒下的种子明年出不出苗与他们也没有关系吗？他们真的就没有丝毫牵挂？据说明年这里还有50万亩的草籽需要撒播，50万亩啊，那可是今年的5倍。难道他们也无动于衷吗？如果50万亩撒下也不出苗，哈尔腾还是像现在这样，难道他们也无动于衷吗？

是的，他们只能到这儿，一个农民的本分也只能到这儿，这世上让人多愁善感的事情太多了，用不着人人都跟着去变得病态。做好自己该做的就够了，更何况有些事情是需要让它悄悄过去的，对灶膛扇风过大会容易起火。

曹明常说，有些事情，你管得再多也是闲的。

我还像往常一样在草地上漫步，邹琴子讽刺地说，瞧，告别去了，舍不得走啊。一个人留下吧，把帐篷也留下，正好把我们那几只狗养上。

我示以轻轻一笑，看着草原上突然消失的狗的影子，眼眶里打转的眼泪蒙住了双眼。如果雪虎的腰在立冬之前能够恢复，我也许不会这么难过，它本来就是一条流浪狗，哈尔腾的冬天每年都有冻死的动物，它被打坏了，还能幸免于这个冬天吗？

穗穗草、马莲、苜蓿、一个个石头滩、脚下的石头，我也想再看一看。是它们淡定自若的存在，陪我在这50天原本空无的时间里过得十分饱满，我明白了生命在一无所有的困境里，只要还有伙伴，还有亦真亦幻的梦可追求，那就可以延续下去，那是一种意念的支撑，非常重要。然后是爱，希望，源于自己，或受之于别人，或二者结合形成强大的动力，那么，令人质疑的迷惑，迟早都会由荒野变成绿洲。

哈尔腾草原、雪山、河流，你们太过盛大，除了祝愿，我对你们突然是一种风萧萧兮易水寒的感觉，似是默契，但很决绝。你们诠释着人生的悲欢离合，不过是一种现象罢了，只要驻入心里，在与不在都没有距离。

肉已煮好，验收的人还没等来，胡国生算着时间差不多了，猜想是不是路过直接去现场了。于是，他便开着面包车迎上去了。一会儿郑飞又开着面包车来，说是验收的人就在路过的现场，胡国生带路，一路看上过来了。梁总让他先来看午饭，一定要准备得万无一失。天正好热了，他号召大家拿出桌椅摆在帐篷前面，并合计好招待的程序，大家就在外面转悠着等。

郑飞突然问我，狗呢？

我说，刚才炭豹还在周围旋着呢，这会不知去哪里了。而雪虎跟着一群狗走了，叫都叫不住。它的腰可能被打坏了，再也不敢接近人。

郑飞问，谁打的？为啥要打呢？

我说，不知道，谁让雪虎想吃羊肉呢。

郑飞说，就是想吃羊肉也不能把狗打坏啊，这不都要走了吗？

我说，大概是没防住吧，但愿雪虎能够挺过今年冬天。

山梁上翻过来三辆车，不是梁总他们，他们是两辆。车直接开到了我们帐篷前面停下，下来了十几个人，直接就问我们是不是今天要撤离。我迎上前去说是的，正纳闷他们怎么知道我们要撤离，旁边的一位年轻人向我介绍："这是我们草原站的刘站长，我们今天检查草原来了。"

检查草原？我有点不太明白。

刘站长说，是啊，该到清理草原的时候了，每年这个时候都要清理草原，这儿要保证是无人区。正好你们的活干完了，放羊的也马上要去冬牧场了，这儿留下任何一个人都是不安全的。

我说那边修桥的还没竣工呢。

刘站长说，今天我们就是来催促的，最迟三天后撤离，估计剩下的那点活也干得差不多了。

我正犯愁到饭点了，梁总他们还不来，我们如何招待这站长呢。他们却打开车，取下小桌子放在地上，然后取下饼子和菜、矿泉水准备用餐。谢天谢地，这么多人，我们锅里那点肉也是狼多肉少。幸亏他们自带了午餐，看来是很有经验，不愧是草原人。

刘站长和同来的一个专家边吃边谈着，我和他们几个随同人员攀谈起来。

我问哈尔腾为什么叫哈尔腾？是哈萨克语吗？在汉语里什么意思？

他们中有人说，是蒙语，意思是神奇美丽的地方。

我又问，这神奇美丽的地方什么时候开始有人的？

他们说，时间不算太长，是解放战争时期。那时候马步芳的队伍在阿克塞一带烧杀抢夺，牧民们实在没地方逃，就跑到这里来了。由于路远，也没有更大的占有价值，马步芳的队伍就没到这里来。

那就是说，在这之前，这里还没有人迹，是无人地带？我问道。

他们说，没错，由于那时候交通不发达，就是骑马一天也到不了这里，再说这里啥都没有，跑这里来干什么呢。

他们又说，听说现在又要恢复成无人区了，我们站长知道，你问问我们站长。

我走过来和他们站长搭讪，站长就与我和那位专家聊了起来。

是的，这里是国家一级野生动物保护区，是祁连山的重要一部分，应国家的政策要求，把这里定位成了国家公园，我们正在申请让它回到无人区的状态，一个牧羊人都不留，全部搬走。

那个专家说，是啊，再不保护，这里要彻底荒漠化了，以前才几个羊群，现在发展到不计其数了，如果再不制止，可能还会发展。

我说，既然羊群数量那么多，能搬得起吗？他们不走怎么办？都几代人了，就是指着羊群生活的。

刘站长说，补偿啊，国家政策好得很，一家补给上百万元，够几代人生活了。

我说，上百万元？这么大数字，有问题吗？

刘站长说，争取啊。

专家说，别看是个放羊的，他们才是最有钱的人呢。

我突然有一种说不明白的欣慰油然而生，不知是为哈尔腾，还是为那些牧民，或者是自己潜意识的一种东西。可能不会被我的队友们理解，他们会认为那与我无关。

刘站长说，相信不久的将来这里就会回到它原来的样子，人迹罕至，野生动物自由出入。

他又对我说，你们是幸运的，能够在这里住上50天，领略了哈尔腾的美好风光，这样的机会很难得，我们都遇不上呢。

梁总和验收的人来了，见到刘站长他们赶快让端肉上菜。

我偷偷问梁总，验收过了吗？

梁总说，差不多，应该没问题，看着你们撒下的种子没有人说不合格的。

我高兴得给队友们使了个眼色，他们一下子就领会了，悄悄笑着，兴奋之情抑制不住流露了出来。

吃完饭刘站长他们要去后脑勺上，验收的人也想去看看，他们对哈尔腾的尽头一直充满着好奇，却没有去过，正好一起去看看。

队友们开始往大车上装四轮子，其他人把帐篷里的东西往出搬。所有带不走的食物都倒在了两个狗盆里，满满地倒了两盆。我们端到公路边，炭豹不知从哪里来了。吃了一阵它站在公里上望我们，我走过去叫它，它却转过身向河边走去。走一段路就转过身看我，我往前走，它又转过身走了。我跟了很长一段路，它一直没有停下来。我不跟了，它头也不回径自走了。是它知道我们要走了自己也要走吗？或者还是昨天把它打怕了呢？我们都以为，当我们离开的时候，会跟着我们的车追，不让我们把它们留在这里。没想到现在却是它们留下了我们，我们想追也追不上它们了。

北面滩上的一群羊突然出现的时候，一个骑摩托车的人来到了我们跟前。

他很平静地问，你们今天就要走了吗？

我们说是。又问，你是哪个羊房子上的？怎么没见过。

他说，今天才来，河坝里那个羊房子的，来换那个牙疼的小伙子，他病得不轻。

胡国生说，那小伙子走了就不来了，在这鸟不拉屎的地方，连个女人都没有，人家还那么年轻呢。

那人说，他走了，总会有人来的，越是鸟不拉屎的地方越干净。

夕阳西下的时候，我们还在忙碌。从哈尔腾尽头折回的车经过这里，他们放慢了速度，对着我们大声喊，还没有收拾好吗？天黑之前必须离开草原。

他们一溜烟走了，前方的夕阳突然变成一只大鸟，非常夸张地向他们飞来。

那是一种预示，明天一定会刮风。

冬天的哈尔腾草原不刮风怎么可能呢？不过，刮几场风，春天就来了。无论如何，我要离开了，至于春天的哈尔腾是怎样的面貌，也只好压在心底，因为，它和我的梦一样，绵长而无期。

2019 年 12 月　哈尔腾

2020 年 2 月　西大街

我的哈尔腾之梦（代后记）

2019年8月，我们怀揣梦想，来到了阿克塞县的哈尔腾草原种草。哈尔腾草原气候恶劣，环境复杂，没有网络信号，与外界隔绝，我们驻扎在那里不能随便出山，种草工作困难重重。虽为施工方负责人，但作为女人，我与一帮大老爷们一起干活，被大老爷们不屑一顾。自己的情绪，生活与工作充满了矛盾的同时，也充满了挑战。人与人之间互相排斥，又互相依靠。孤独，无助，想家，恐惧，我一次次崩溃，哭泣，又一次次鼓励自己，对胜利充满希望。靠读书和写笔记给自己树立精神，做了每天至少写3000字的规划，写着写着想写成本书，于是便把规划扩展到了每天5000字，除了断电，几乎没有间断，我用读书和笔记填充着孤独与害怕。

50天来，住在海拔4000多米的草原，实属不易。我要替平凡的人们记下50个不平凡的日夜，记下50天内哈尔腾各种变化。祁连山已被列为国家公园，哈尔腾在范畴之内，在持续减少放牧的同时，这里将变成无人地带。哈尔腾偏远又荒凉，空无而苍寂，已经很少有人像我们一样去哈尔腾"开荒"了。那么，哈尔腾该如何继续保护与建设？在目前的保护与建设中，对荒化的片域进行人工种草，是为了挽救草原还是为了挽救我们自己？

从雪山到河流，从石头到牧草，人们对大自然的认识，以及自己深入的体验和参与，让我看到了个体生命的渺小——真不如一粒草籽。那些小小的草籽飘落于干旱的土地之上，能否长出一片绿荫？我不得而知，也不容猜测。我在草原上困惑地行走，在狂风里迫切地疾呼，我爱清流，爱无暇的雪山与白云，也爱这片叫哈尔腾的草原。我同野草对话，与石头交谈，仰望高山，寄语白云，不由自主就有了使命——描写，记录，观察。于是，我的内心便对哈尔腾有了深深的祝福与歉意。

"我读过和听过对天堂的描写，还不及这里的一半美好"，缪尔在夏日走过山间时这样写道，当我一个人在哈尔腾行走，并对哈尔腾产生敬畏时，竟然也产生了同样的感觉。我感到哈尔腾比天堂更美，夕阳西下的时候，遍地空无，遍地都是黄金。这便是哈尔腾的魅力所在，默然化地改变着，又复原着，在时间的长河里无比神圣，让人产生梦想。

撒播者是善良的，他们不解我的多情，他们的纯朴只满足于干好活，吃饱饭，喝几口小酒。他们坚守着劳动的本分，抱团取暖，担当与勇气，都来源于对更好生活的期待。他们起早贪黑地加班，一寸一寸撒播，他们就是衣食父母，而我却一度怀有偏见，甚至对他们苛刻不予理解。在同舟共济的日子里，我被他们感化，继而转变了对他们的态度和看法。

哈尔腾冠名哈尔腾国际狩猎场，曾有俄罗斯人来打过猎，留下了传说与动物的骨骸，让人充满无尽遐想，不由对那片土地致以崇高的敬意。

祁连山的石头都是绿色的宝石，于风吹雨淋中表面出现黑色的油润，它们一直在光阴的长河里赎化和静修，直至清澈无瑕，变为透明的宝玉。我猜想祁连山由碧玉生成，也有丰裕的水源滋养着山上山下的苍生。一切在我与哈尔腾相互亲近的时候，我才体会到了爱的不可名状和毫无理由。我牵挂着哈尔腾，脑海里从此挥不去哈尔腾这个名字。

回来之后，整理哈尔腾笔记，我再次被那种无法言明的爱深深地感动了。雪山、河流、草地、石头、炮弹壳子、神秘的脚步声、阿克塞街头如泣如诉的歌声，等等，我统统要写进去，让它们在我的生命中开出硕大的绿色之梦。

2020年8月，我又去了一趟哈尔腾，想看看大片绿色，还想看看收养过的流浪狗——雪虎和炭豹，看看那条雪山神护佑的长廊。只是可惜，当我到达80公里处，依然什么都没有看到。喊了几嗓子雪虎和炭豹，风却刮走了我的声音，哈尔腾给予我的回答依然是一片空寂。

返回途中，遇到转场的牧羊人，他开着皮卡车，拉着帐篷，帐篷上拴着1只狗，车后方还有2只狗追赶。牧羊人在等那2只狗，说那只黄色的狗太肉了，跑不动。我看着那只黄色的狗晃晃悠悠跑动着，不由得笑了。它的主人如是说，别看它肉，发起凶来狮子一样，丢了它，就等于羊群丢了哨卡，白天晚上都会提心吊胆。牧羊人还说，一天只能走30公里，走到天黑，便停下来，搭起帐篷住上一晚，然后继续走，三四天后才能走到目的地，倘若目的地草况不好，还会继续转场，直到找到有草的地方。

我们的队友今年仍然种草来了，但我没有找到他们，可能到哈尔腾河对岸去了，那里是小哈尔腾，也出现了荒化现象。

短短半年时间，哈尔腾发生了巨大的变化，不是草长出来了，恰恰相反，我们种下的草还没有长出来，撒下的种子也没有找到一颗。各种各样的铁塔、标牌、石碑，站着队进入了哈尔腾深处，塔与塔之间接通了信号。期盼哈尔腾回归无人区，也期待最后的羊群留在哈尔腾。我也梦想继续入住哈尔腾，直到我那绿色的梦变成现实。

《哈尔腾之梦》作为艺术的呈现，自然无法完全避开虚构。所谓虚构不过是更加接近真实。《哈尔腾之梦》要出版了，这仅仅是自我情绪的宣泄。然而，热爱自然，关注生态，才是哈尔腾之梦的全部，我愿意继续追寻，在现实与梦想之间坚守着那份美好。

2020 年 9 月 20 日　西大街